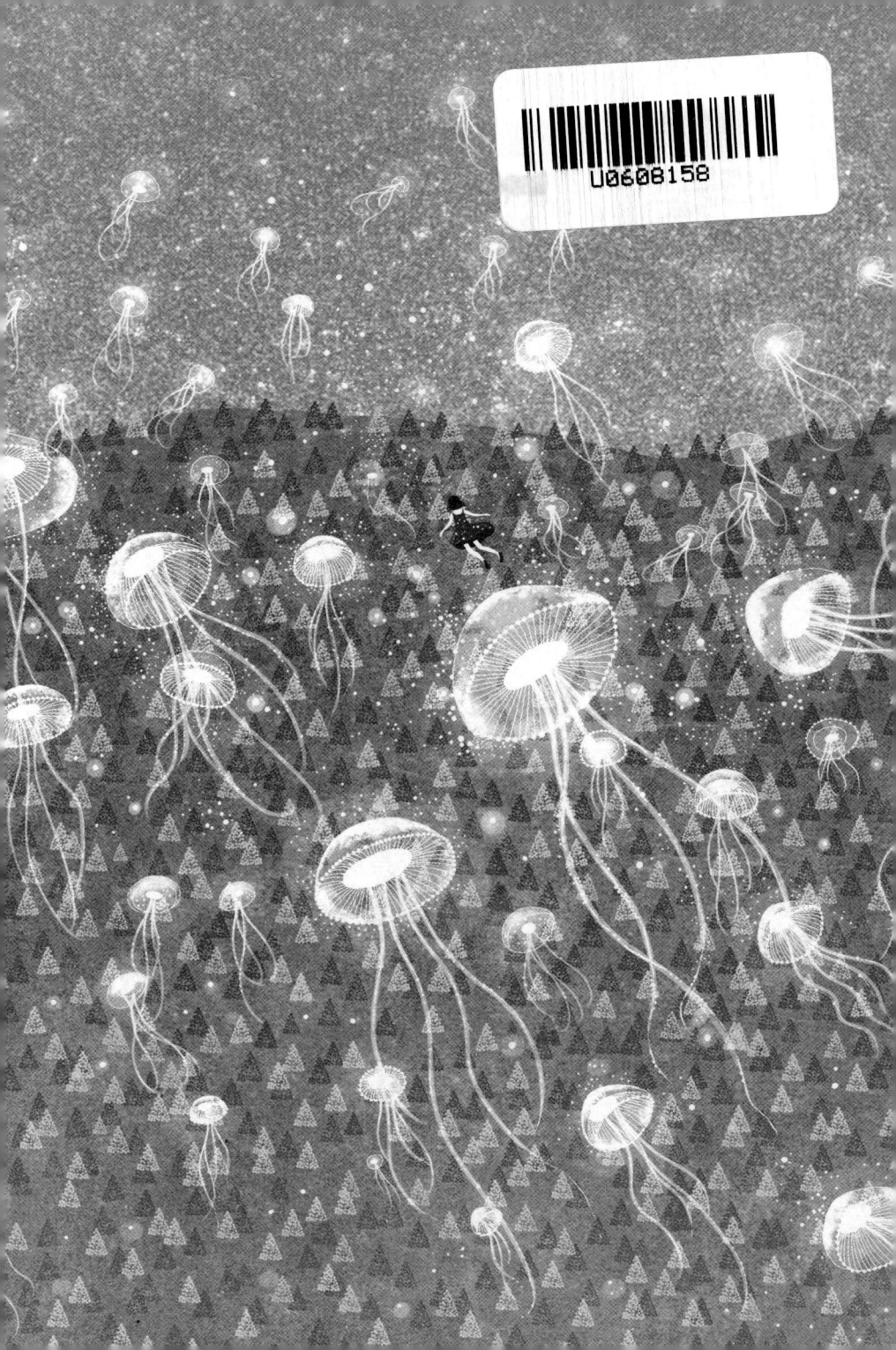

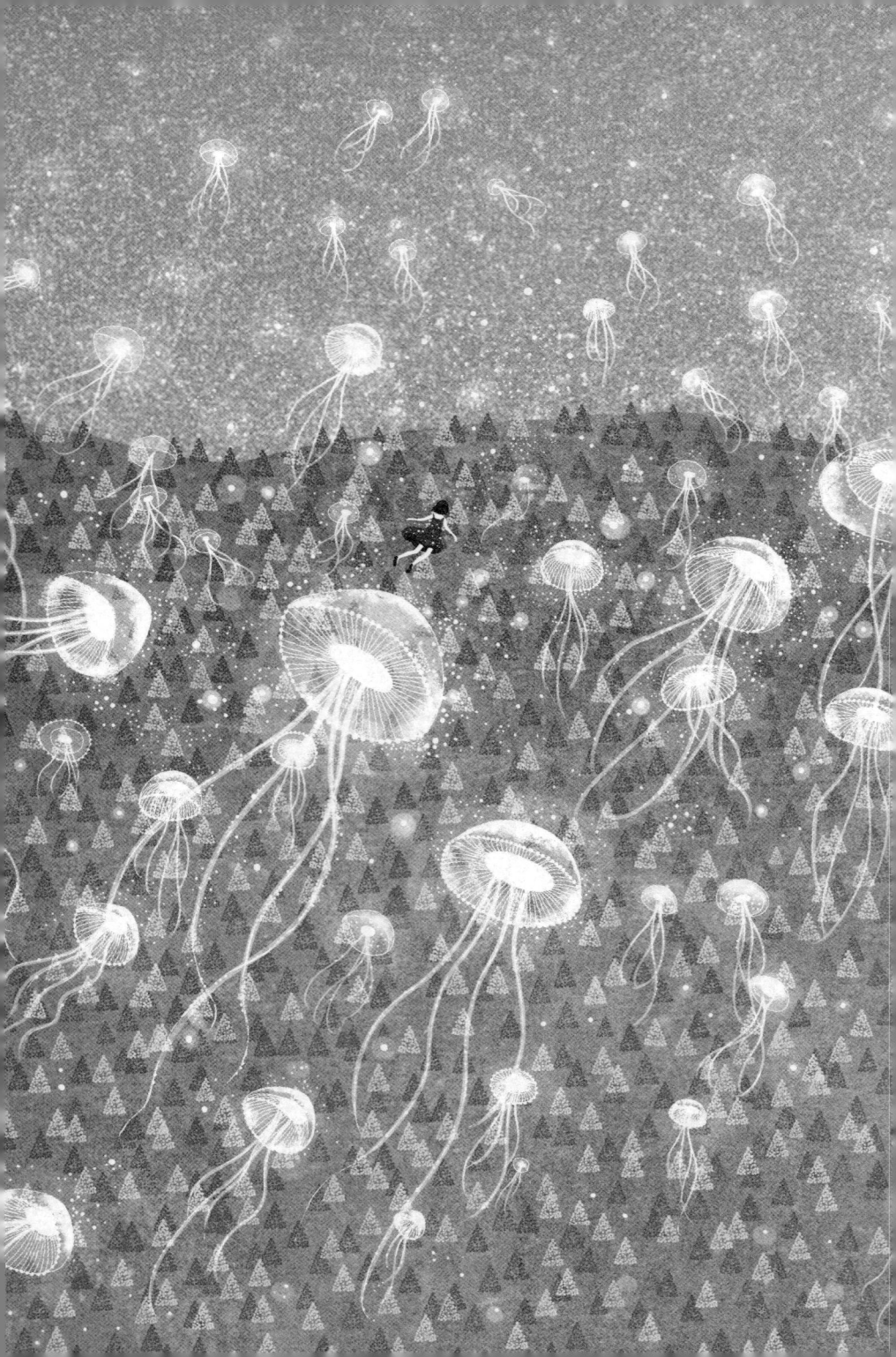

FLORET

READING

小花阅读

我们只写有爱的故事

青春阅读 幸得相见

图书在版编目（ＣＩＰ）数据

鱼在水里唱着歌 / 鹿拾尔著. -- 贵阳：贵州人民
出版社, 2016.8（2020.1重印）
ISBN 978-7-221-13452-3

Ⅰ.①鱼… Ⅱ.①鹿… Ⅲ.①长篇小说 - 中国 - 当代
Ⅳ.①I247.5

中国版本图书馆CIP数据核字(2016)第201515号

鱼在水里唱着歌

鹿拾尔 著

出版统筹	陈继光
选题策划	大鱼文化
责任编辑	郭宇恒
流程编辑	黄蕙心
特约编辑	曾雪玲　层　楼
装帧设计	刘　艳　昆　词
出版发行	贵州人民出版社有限公司（贵阳市观山湖区会展东路SOHO办公区A座 邮编：550081）
印　　刷	三河市华东印刷有限公司
开　　本	880×1230毫米　1/32
字　　数	200千字
印　　张	9
版　　次	2016年12月第1版
印　　次	2016年12月第1次印刷 2020年1月第2次印刷
书　　号	ISBN 978-7-221-13452-3
定　　价	39.80元

鱼在水里唱着歌

FLORET

READING

▼

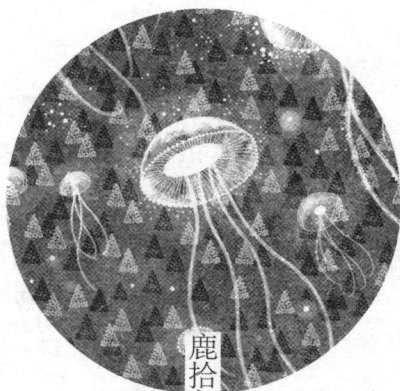

鹿拾尔/著

YUZAISHUILI
CHANGZHEGE

贵州出版集团
贵州人民出版社

|小花阅读|

【一生一遇】系列第二季

《春风拂我》

笙歌 / 著

标签：一不小心就成了网红 / 迷妹与男神 / 互撩日常 / 甜暖童话

有爱内容简读：

"我昨天说的话，你考虑好了吗？"

南森牢牢地抓住夏未来的手，好像是不让她再有落跑的可能性。

他脸上看似一派轻松，可夏未来无比清楚地知道他有多紧张，从他不同往日的拘谨声线，被握住的手心里微微泛起的汗意，以及他现在凝视自己的眼神。

没来由地，她就知道他所有细微举动中蕴藏着的含义。

突然，夏未来一直悬在半空，不得安宁的心轻松了起来。她纠结了很久的事情也终于有了答案。

她点头，刚想开口说什么就被南森抱了个满怀。

他埋在夏未来的肩颈处，呼出的热气一扇一扇地扑在她露在空气中的肌肤上，仿佛一片羽毛划过心间，让她全身都战栗起来。

"你答应了吗？夏未来。"

《美好如你》

狸子小姐 / 著

标签: 毒舌超能男神 / 初次心动对象 / 乌龙相亲 / 命中注定

有爱内容简读：

关卿看着何霜繁在认真开车的样子，心里莫名一软，原来他爱自己，就像自己爱他一样，想到何霜繁以后就只是一个单纯的人类了，关卿忽然义正词严地保证道："何霜繁，我保证以后一定会好好照顾自己。"

"嗯。"

"那你也不能够再以任何理由拒绝我，或者不理我。"

"嗯。"

"那你会接我下班吗？"

"嗯。"

"那……"

"关卿，我们结婚吧。"

"什么！？"

"嗯，明天就去。"

《四海为他》

打伞的蘑菇 / 著

标签: 悬疑虐恋 / 深情守护 / 仇人与爱人 / 是软肋更是铠甲

有爱内容简读：

胡樾一个用力，将她带入水中。

那时候余海璇还不会游泳，在水里扑腾着，明明觉得自己快要被淹死了，可嘴里还不断地咒骂着胡樾的丧心病狂。

也许是因为胡樾始终在旁边，余海璇也不知道自己怎么就那样学会了游泳，至少自己不会被淹死了。

她紧紧地抓着胡樾的胳膊，心有余悸："胡樾，你是想让我溺死吗？"

胡樾微微搂着她，带着她往岸边划去，状似无意地嗯了声："如果你想的话，宠溺的溺倒也可以考虑。"

"不一样？"

"一个是我，一个是有我的海，要么溺死在我心里，要么溺死在我怀里。"

《鱼在水里唱着歌》

鹿拾尔 / 著

标签: 暗戳戳 vs 易炸毛 / 谈恋爱不如破案 / 一言不合就虐狗 / 这很甜宠

有爱内容简读:

思及至此,池川白蓦然轻笑一声,细碎的黑发湿漉漉地粘在他的额角,衬得他的眼睛更加漆黑而深邃。

"我想说。"他望着鱼歌慢慢说,"我想陪你看星星看月亮看太阳,走遍世界的每一处角落,看遍世界的每一处风景……但是,我更想告诉你的是,于我而言,最美的风景是你。"

"你曾问我喜不喜欢你,我仔细想过了,不,不该是喜欢。"池川白定定地望着眼前这个笑得狡黠而得意的小女人,他的嗓音低沉舒缓,"应该是我爱你。"

声音隔着细密的雨点声,轻轻柔柔地落在她耳郭。

"我爱你鱼歌。"

《悄悄》

晏生 / 著

标签: 偶遇与重逢 / 催眠术和失眠症是完美的一对 / 并肩同行的爱情

有爱内容简读:

陆城遇没有上车,蹲下来,对叶悄说:"我背你回家吧。"

叶悄虽然想四脚离地,一把扑上去,可她没胆儿:"我不敢,你身体还没恢复,万一被我压成了重伤,我到哪儿告状去?"

这时候,陆城遇在她心里俨然就是个一碰就碎的花瓶,光看看就很满意了。

叶悄死活不肯趴上去,但又不忍心看陆城遇一脸郁闷的神情,突然灵光乍现,这次换她蹲下来大喊:"快来! 快来! 我背你!"

陆城遇顿时就被逗笑了。

这姑娘,真是越来越二了。

他把她从地上拉起来,手指一根根扣在一起:"算了,我们还是一起走吧,这样比较靠谱。"

这叫执子之手,与子偕老。

作者前言 | 做自己世界里的超级英雄

打开文档，开始写前言的时候，我刚刚看完一场电影回来，夜色已深。

作为热衷超级英雄电影的我，不长的两个多小时结束后，仍久久沉浸在剧情里，总会觉得自己与电影里的角色一同经历了生生死死，经历了或热血刺激或感人虐心的场景。

此刻，距离"鱼歌"完稿已经有一段时间了。

做自己世界里的超级英雄

　　回想起创作"鱼歌"的那段日子，也是如看电影般，体验了一场既痛苦又不得不沉溺其中的美妙旅程。

　　我带领着，又或者说是跟随着故事的主角池川白和鱼歌一起经历了那么多事。有紧张和惊险，有争执与怀疑，还有难得的甜蜜。当这些事从头脑风暴变成文字的那一刻起，他们不再是单薄的幻想世界的人物，而是鲜活立体的，与我朝夕相伴的朋友了。

　　他们会经历低谷，但绝不气馁，他们靠自己走过每一道坎坷，他们不需要电影里的英雄来拯救，因为他们是自己世界里的超级英雄。

　　我与他们共同度过了一段美妙的时光。很幸运，在经历了初次写作长篇的磕磕绊绊和自我怀疑后，依然可以把他们的故事完整地呈现出来。

希望你们在看到"鱼歌"里某个出乎意料的转折时，能感到那么一丝惊讶——原来故事是这样子发展的。

那我就心满意足啦。

毕竟不能辜负我悬疑反转类英美剧铁粉的身份不是吗？

在写作的过程里，我的思维比较跳脱，喜欢造谜团埋坑，给自己制造困难，后期再痛苦地填坑。

最可怕的一次，是我写到故事里的第二个案子快要结束的时候，卡情节卡得特别厉害，熬了一整个通宵都没能顺利写出来，几乎要绝望。但还好，我们"深夜码字协会"，啊不对，现在叫"熬夜是魔鬼"的群里的小伙伴给了我很多支持和鼓励。

毕竟我们的目标是拒绝拖延症，周末出去玩耍呀。

说起来，每天和九歌一起欺负晚乔，再一起在办公室里种种草养养鱼这种日子，好像也不错。

有了这群带给我温暖的小花的陪伴，码字的速度都快了许多。

嗯！今天又是活力满满的一天！

说到这里，我们什么时候去约一场电影吧？

怎么样？

鹿拾尔

YUZAISHUILI
CHANGZHEGE

唱着歌　鱼在水里

YUZAISHUILI
CHANGZHEGE

唱着歌　鱼在水里

YUZAISHUILI
CHANGZHEGE

鱼在水里
唱春歌

楔子——

阳光正好的午后。

一身蓝色校服的少女亦步亦趋地跟在身形修长的少年身后。

"川白，你真要报考警校？"

少年头也不回，低沉地"嗯"了一声。

少女快走几步，习惯性地拉住他的手臂，眉毛扬起来："你是不是听说我的梦想是当警察，所以也想和我一起考警校？"

少年不说话。

少女却自顾自地狡黠一笑，若隐若现的阳光投在她顾盼生辉的眼睛里："那我也和你报考同一所学校好了，我们做搭档，一起携手破案怎么样？"

少年不理她，不耐烦地把手臂抽出来，反手抓住她的手往自己这边一拉，眉头皱起："走路小心一点，有车子经过知不知道？"

少女的笑容蓦然扩大："我们就做警界的黑白双煞，啊不，神雕侠侣……哎呀，不管是什么……总之，只要一提我们的名号，就能让恶人闻风丧胆的那种，听起来是不是超级酷？！"

少年抿唇，嘴角浮起一丝笑意："白痴。"

……

"川白，川白，川白……"

……

池川白。

第一章 ——

我是省刑侦总队的刑警池川白，麻烦配合我们的调查。

1.

鲜艳的红旗在旗杆上招摇地迎风而动，戴着红领巾、穿着黄色校服的中学生恭恭敬敬地站在校门口。

"老师早上好。"那学生鞠躬道。

鱼歌提着两袋包子露出一个礼貌的微笑："早上好呀。"

——和往常没什么两样。

望眼欲穿的钟微微，在见到鱼歌出现在办公室门口的那一刻，一声惊呼跑过去迎接她："鱼歌你终于来啦，我都要饿死了。"说着一把接住她递过来的包子。

鱼歌把自己那袋包子放在办公桌上，一边整理桌子上的杂物，一边调侃钟微微："升旗仪式还非等我带早餐，你还真是对它爱得深沉啊。"

包子是鱼歌亲手做的，刚来到清衡中学上班时，为了和大家搞好关系，鱼歌带了几次给同事们吃。没想到，一失足成千古恨，自此招惹上了吃货钟微微。鱼歌不仅火速和她成为朋友，还被迫经常做包子给她吃。

钟微微虽爱吃，但能力突出，早早当上了班主任一职，这不，每个周一的升旗仪式都要提早来学校组织学生们集合。

钟微微急急忙忙把包子塞进嘴里，含混不清地说："胡说，我明明是对你爱得深沉。"

鱼歌答："既然这么爱我，就不要让我每天辛辛苦苦做包子咯。"

钟微微匆匆咽下最后一口，用纸巾擦擦手，就着清脆的上课铃声，抱住课本往门外走："唔，下次带肉馅的吧，咸菜包子我都吃腻了。"

"下次做人肉馅！"鱼歌放大嗓音喊。

钟微微摆摆手，很快消失在转角处。

零零散散又走进来几个任课老师，鱼歌与他们一一打了招呼后，从塑料袋里拿出一个包子慢条斯理地往嘴里送，脸色却沉寂下来。

还没吃几口，钟微微却返回了办公室。

"钟老师又看错课表了？"最靠近门口的周老师笑问。

因为学校里班级多，课程也多，老师们一个不慎看错课表，进错教室也是常事。

但钟微微脸色苍白，径直冲到自己办公桌前拿手机，丢下一句："李思琪没来上课，她的家长也没有向我请假。"

大家的神色都严肃起来，李思琪是钟微微所带班级五（2）班的学生，成绩优秀，人也乖巧可爱，从没有迟到早退过，在座的大多数任课老师，包括鱼歌都对她印象很好。

钟微微很快就与李思琪的父母取得了联系。

挂掉电话后，钟微微的脸色却越发苍白，嘴唇也微微颤抖："她爸爸说今早送她到了校门口。"

大家一静。

鱼歌放下包子走过去安慰钟微微："也许她肚子不舒服，去厕所了也说不定，你先别急。"

"我问了，班上同学今天都没见过李思琪，升旗仪式她也不在。"钟微微的声音里已经带着哭腔。

"赶紧报警吧。"另一个老师说。

这么说着，便有人赶紧拨打报警电话，还有人在紧急联系校长。钟微微伏在桌子上呜咽，看样子没有心情去上课了。

鱼歌紧拧眉头："这样吧，我们都出去找找，说不定她只是一时贪玩呢？周老师，您也是教英语的，可以麻烦您替钟微微去代个课吗？"

周老师点头，翻了翻钟微微的备课本就走了出去。

几个没课的老师找了一圈都没有任何收获，鱼歌和保安室的保安王叔比较熟悉，便跑过去看校门口的监控。

遗憾的是，校门口右侧的监控坏掉了，左边的监控只显示李思琪走进了学校，却没有显示她出来。

刚走到办公室门口，就看到三三两两穿着整齐制服的警察站在里面，其中一个样貌清秀的男警察在向钟微微问询具体情况。

鱼歌只好站在门外等。

笔挺的警服有些刺痛她的眼睛，使她联想到一些糟糕的回忆，她转过身，逼迫自己不再继续看。

2.

"川白，你说这个案子的凶手是不是这两个人？作案动机、作案时间什么的都特别符合，我瞧着就是他们……你不是一向爱看与犯罪相关的书籍吗？你要不要分析看看？"

高三的某天，鱼歌赖在池川白的家里，捧着杯柠檬水，边看《今日说法》边和池川白搭话。

池川白漫不经心地翻一页手中的书，再瞥一眼电视，才说："每天中午都看这个节目，你真对破案感兴趣？"

"你以为我是一时冲动？池川白你看错我了。"鱼歌义正词严地说。

"虽然我的确喜欢你，也希望能和你上一所学校，但警察更是我从小的梦想，我一直立志要成为最优秀的警察……哎，你笑什么笑？这是梦想，你知不知道？你想考警校我也是，这说明什么？说明我们有缘分，就该是天生一对啊！"

池川白默了一瞬才回复："不是他们。"

鱼歌笃定的表情产生了一丝裂痕，她怀疑地瞄一眼池川白。

"你怎么知道？"

池川白指一指挂在墙上的钟："这节目还有二十分钟才结束，按节目的惯例，凶手怎么可能这么快出场？"

"哦。"还真是，居然败在这种常识性问题上。

池川白看着她懊恼与尴尬交织的表情，淡漠的神色一点点温柔下来。

他顿了顿才不急不缓地说："如果我们以后真的在同一所警校，那我就勉为其难每天分析给你听。"

这话有些隐晦，鱼歌愣了半天才反应过来："你的意思是，如果我们考上同一所警校的话，你就和我交往对不对？"

这会儿脑子倒灵光了。

池川白垂下眼继续看书，耳垂却微微发红起来。

"不愿意就算了。"

鱼歌也唰地脸红起来，但还是嘴硬："你终于想通了是不是？知道我的优秀了是不是？哎……少年好眼光！我欣赏你！"

说到最后口里有些干涩，她舔舔嘴角一口把杯里的柠檬水饮尽。

"好了。"鱼歌镇定地盯着电视屏幕，嘴角却忍不住一直上扬，"那就这么说定了，不许反悔哟。"

……

钟微微回答完警察的问询后，眼睛红红地走出来，鱼歌赶紧过去扶住她。

"怎么样？"鱼歌问。

钟微微沮丧地说："什么线索都没有，李思琪的父母说她出门还好好的，你说李思琪不会是被人贩子带走了吧？"

鱼歌摇摇头安慰她："应该没有这么简单吧。"

钟微微："……"

见办公室里的警察陆陆续续出来了，鱼歌走进去，慢慢收拾好桌子上的备课本，温习了等会儿教学的内容，打了上课铃后，便走去了教室。

3.

"《舟过安仁》，宋，杨万里，预备起。"

清脆的朗诵声随之响起。

小孩子的内心往往是纯洁透彻的，他们不懂揣测每一个事件背后隐藏的深意，正如他们并不懂李思琪的失踪有多可怕。

李思琪的同桌没有在认真朗诵，她拉了拉鱼歌的衣角，仰头看鱼歌。

"鱼老师，李思琪是生病了吗？她为什么不来上课？是不是很严重啊，好多警察叔叔来找我问她的情况。"

鱼歌的心一软，蹲下来摸摸女孩毛茸茸的脑袋，柔声对她说："是的，她生病了，安婷你别担心了，她病好就会回来的。"

安婷似懂非懂地点头，眨巴着眼睛，视线绕过鱼歌望向窗外。

"那里又来了个警察哥哥哎。"

鱼歌顺势回头，猝不及防地看到了池川白。

池川白穿着笔挺的深色警服，几年不见，他身形有些消瘦了，但还是该死的俊朗又好看。

他清清淡淡地抬起眼，和鱼歌的视线撞个正着。他似乎也有些惊讶，眼里飞快地闪过些什么，但又迅速回归平静。

鱼歌眨了好几次眼才确认自己不是提前步入老年期，老眼昏花产生幻觉了。

她镇定自若地收回目光，站起来。

"好了，同学们，现在我们来学习第二首诗……"鱼歌听到自己这样说，带着微不可察的恶劣口吻。

"抱歉，打扰一下。"

鱼歌回头时，池川白的手指还停留在教室前门上。

"警察同志？"鱼歌眉头微皱，语气无辜得好像刚刚才知道他的存在，"不好意思，正在上课，没看到你……请问有什么事吗？"

池川白平静地从上衣口袋里掏出警官证，示意给鱼歌看。

他说话的语气官得不可思议："我是省刑侦总队的刑警池川白，麻烦配合我们的调查。"

像是面对着一个完全陌生的人。

鱼歌一挑眉，还真就把警官证拿过来仔细瞧。

"这张照片……"

挑剔的话还没说完，池川白已经侧头出声示意，鱼歌视线死角的地方，走出一个美艳的女警官，女警官冲池川白点点头，再朝鱼歌扯出一个客套的笑，从她身旁绕进了教室。

鱼歌的声音一顿，神情瞬间冷下来。

她把警官证甩进池川白怀里，语气平淡地评论："真难看。"

池川白不理她的挑衅，收起证件，径直跟了过去。

只见章见叶拿着相机，在仔细对着李思琪的课桌拍照取证。拍完后，她放下相机，严肃地冲池川白点点头。

两人一边商量一边往外走。

章见叶见鱼歌还若有所思地站在门口，拍了拍她的肩膀："老师，你可以继续上课了。"

说完两人就打算离开。

"这不是普通的失踪案对吗?"一个普通的失踪案怎么会让省刑侦总队的人亲自来勘查?鱼歌蓦然发声。

章见叶惊讶地回头看她,不明白一个中学老师怎么会突然干涉警察办案。

鱼歌却固执地盯着池川白的背影等着他回话。

池川白默了片刻才冷冷说:"关你什么事?"然后头也不回地走了。

章见叶匆匆跟上他的脚步,奇怪地问他:"川白你今天怎么回事?看起来魂不守舍的,和平时的状态完全不同,你是太累了吗?要不要去休息一会儿?"

池川白并不说话,他垂下眼睛,望着自己身上的警服,脸上的表情无悲无喜。

4.

回忆这种东西永远都是不分时间场合地闯入——

"川白,你快看!"

鱼歌穿着一身演出用的定制警服俏生生地站在池川白面前,语气里是掩饰不住的兴奋与得意:"好不好看?有没有和我很搭?"

池川白所在的高三(1)班教室她跑了无数次,鱼歌对池川白所坐的位置比自己的位置还要熟悉,教室里的同学对她的出现早已经见怪不怪了。

池川白将手中的书搁在课桌上,眉头微微蹙起:"哪儿来的?"

"最近学校不是在搞毕业晚会吗,我们班报的节目是小品,班上集资去订了好几件衣服，里头正好有一个警察的角色，所以我就跟班长借来穿穿，不是说好以后要一起考警校的吗？提前过过瘾嘛，好不好看好不好看？"

鱼歌的眼睛亮晶晶的，一副等待夸奖的样子。

定制的警服很好地衬出鱼歌纤细的腰身，倒很有几分英姿飒爽的味道。

池川白没有立即作答，他的脸色甚至更冷了几分。

鱼歌班上的班长，池川白对这个人有几分印象。不是因为他总以全校第二名的成绩吊在自己身后，而是因为，他对鱼歌献过几次殷勤，偏巧那几次献殷勤都选在自己拒绝她的空当。

"一般。"

池川白边说着边重新将书本翻开，不知怎的，他心情有些烦躁。

鱼歌不乐意了，明明班上的好姐妹们都说好看来着，说她光凭这身打扮，站到警局门口都是一块活招牌。怎么到池川白这里，他就这么一副挑剔的样子？

鱼歌又不死心地又凑过去："怎么会是一般？你说假话吧，池川白？班长他还说……"

"他怎么说是他的事。"池川白打断她，"如果想听这种虚无的夸赞尽管去找他，不必来找我。"

鱼歌一愣，欣喜的情绪被浇灭了一大半。虽说被池川白打击惯了，但这好歹也是他的班级，即使大家都没注意这边的情况，但说话的声音总会被周围的人听去，她的脸皮也没厚到这种程度。

想了想有些委屈，鱼歌快速转过身，逞强般地扬高语调："哦，那我先回去上课了。"

刚走了几步，池川白又喊住她。

"等等。"

鱼歌眨眨眼睛，头也不回："干吗？"

池川白望着她的背影，将手中的笔捏起又放下："不要再借这些乱七八糟的衣服穿，以后有机会穿正式警服的话，"他顿了两秒，"会更好看。"

……

返回自己教室后，好姐妹们看着一脸欢喜的鱼歌叽叽喳喳地问：

"怎么样，怎么样？池川白是不是夸你了？"

"肯定夸了吧？衣服很衬你啊，要我看啊，你就是天生当警花的料！"

"才没有。"

"怎么会？那你怎么这么高兴？"

"高兴就高兴，哪有这么多原因啊？哎呀，你们快别问了，马上就高考了知不知道？去去去！从今天开始我要认真学习了……"

……

望着两人远去的背影，鱼歌在心底暗骂一声"装腔作势"后，转身进教室继续上课。

她教完今天的课程，安排同学们自习后，走到李思琪的桌前仔细凝视，这才发现桌子的左上角刻了一个简单的图案，她伸手摩挲，是新刻上去的，像是一个小写的阿尔法符号。

回到办公室后，钟微微还在胡乱猜测："是有人绑架了李思琪吗？

那绑匪为什么不联系李思琪的父母？"

　　鱼歌并不能回复她，自己知道的线索非常有限，随意推测只是浪费时间。那个符号有可能是非常重要的线索，也有可能只是李思琪无聊之下自己刻上去的。至于作案人的种种异常行为，更是无从得知。

　　她打开电脑浏览网页，说："交给警察吧。"

第二章 ——

你还是那么该死的冷
静，让我讨厌。

1.

银星市公安分局里。

章见叶撩一撩头发，把白板上写的线索又从头到尾仔细梳理了
一遍。显而易见，这是起连环失踪案。

奇怪的是，前三起案子都发生在偏僻的街道，第四起案子却发
生在人来人往的学校；前三起案子发生的时间分别是 1 号、4 号、7 号，
非常有规律，第四起却发生在 9 号。

失踪的均为小学生，连环案的嫌疑犯反侦察意识很强，几乎没
留下什么线索。

在此之前，公安分局的警察早已把案发街道附近的监控查了个
遍，对任何可疑人员、可疑车辆都进行了一一排查。直到 8 号当天，
偶然间发现前三个失踪者的课桌上都刻有相同的可疑符号，这才并
案调查。

嫌疑犯的意图到底是什么？又为什么要留下符号？

越想越烦，她扭头看一眼池川白。

池川白穿着浅蓝色衬衣伫立在办公桌前，望着窗外川流不息的景色静默不语。

章见叶"噔噔噔"地踩着高跟鞋走过去，她双手撑在池川白的桌子上，不满地说："川白，你到底怎么了？从学校回来就一直不说话，你真想待在银星市迟迟破不了案吗？我已经非常想念省公安局里我的大沙发椅了！"

池川白和章见叶是在8号接到连环失踪案的通知，于9号凌晨赶来银星市调查的。一过来，正好赶上第四起案件的发生，还没来得及休息。

"为什么会没有目击者？"池川白突然说。

"什么？"

"不可能没有目击者。"池川白一字一顿地重复。

章见叶顺着他的目光俯瞰整个银星市，街道上熙熙攘攘的都是人，尤其是学校附近，上学放学期间来来往往接送的家长非常多，这么短的时间内，却没有任何一个人看到李思琪被带走。除非是熟人作案，但这一点又与连环失踪案冲突了，因为四个家庭之间毫无关联。

除非……

章见叶立马就想通了其中的关键点，她兴奋地跑出去通知分局的警察迅速赶去学校搜查，李思琪极有可能还在学校里！

池川白拿上外套也走了出来，他神色淡淡地对章见叶说："我们去清衡中学。"

2.

是"失踪"让人的思维有了局限性，无论是被绑架还是被拐卖，所有人都顺理成章地认为罪犯会把小孩迅速带离学校。可一个人带着一个孩子出去并不容易，昏迷的状态尚且困难，清醒的状态更加毫无可能。

从李思琪失踪到钟微微发现之后并报警，这之间的时间间隔非常短。

说不定他们还在学校呢？

鱼歌无暇顾及这个设想是否合理，池川白一身警服的样子有些刺激到她，尘封已久的警察梦又呼啸而来，她迫切地想为这个案子尽自己的一份力，或者说，迫切地想以最优秀的姿态站在池川白面前。

她胆子大得出奇，跟钟微微打了个招呼后，就一个人重新在校园的各个角落里搜寻起来，甚至每一间办公室都敲门进去看。

直到走进一间杂物室。

里头放置着体育器材，意外的是很干净，好像被特意打扫过一样。鱼歌绕着架子仔细看，却突然听到门外传来窸窸窣窣的声音。

她浑身寒毛直竖，缩着身子紧盯着门口。

"怎么是你？"

推开门的人居然是池川白。

鱼歌心里一松，而后更紧绷起来，一脸的敌意不言而喻。

"你来这里做什么？"

池川白阴沉着脸大步走进来，伸手把鱼歌一把拉起来，毫不客气地说："滚出去。"

鱼歌翻了一个白眼，不服气地试图甩开他的手："凭什么？你说个理由出来？这里是我工作的地方，要滚也是你滚才对吧？"

"我没必要向你解释。"池川白面容冷峻，语气更冷。

鱼歌不依，斜着眼睛看他，强硬地回复："那我也没必要听你的话。"

池川白抓住鱼歌的手渐渐收紧，脸色也更加阴寒起来。

气氛正僵持的时候，钟微微跑了进来，她气喘吁吁地把鱼歌拉开，歉意地对池川白说："不好意思警官，我们这就出去，就不打扰您查案了。"

碍于钟微微的面子，鱼歌只好心不甘情不愿跟着她出来。

"你拉我干什么？他怎么来了？"

钟微微一脸委屈："几个警官说要我们配合搜查，李思琪很有可能还在学校。我刚刚说你已经去找了，那位池警官的脸色就突然变了，急匆匆地跑出来找你。"

鱼歌一愣。

"他好像很担心你哎……哎，也有可能是怕你破坏现场……你认识这位池警官啊？"

鱼歌转头看一眼杂物室内认真勘查现场的池川白，他此刻没有穿警服，很日常的打扮。他脸上表情很少，和印象中的冷淡少年几乎没有什么两样，鱼歌那时候就经常说他是面瘫脸。

那时候啊。

丢开那些乱七八糟的回忆，鱼歌点头干脆地承认："嗯，以前我追过他。"

钟微微惊得下巴都要掉下来了："不是吧？你追他？他一脸生人勿近的样子，虽然长得帅但是冷冰冰的好吓人啊。"

鱼歌摊手笑笑："那时候瞎了眼呗。"

"那你现在还喜欢他吗？"钟微微问。

这个猝不及防的问题让她一怔，但她还是很快速地否定，不给自己犹豫的机会。

"怎么可能。"

话音刚落，池川白已经从杂物室里走了出来，他脸色凝重，拿起电话说了一阵。

在他挂掉电话后，鱼歌还是忍不住上前问："怎么样？你发现什么线索了吗？李思琪是不是还没离开学校？"

没想到池川白会回复她："李思琪刚刚被带走。"

钟微微捂住嘴巴惊叫："天哪，到底是什么人？我们差一点就和嫌疑犯撞个正着了！"她既感到遗憾又松了口气，毕竟不知道对方身上有没有携带凶器。

也不知道池川白到底是怎么发现线索的，鱼歌还是有些不甘心："要是我早一点想到就好了。"说不定来得及阻止对方。

"早一点来送死吗？"池川白看她一眼，冷冷地讽刺，"你还是这么冲动又自以为是。"

鱼歌恼了："是，我当然自以为是！我就是因为自以为是，才会把你当初的话当真！"

池川白的脸色阴沉得可怕，默了半晌他才丢下一句："愚蠢。"

3.

池川白独自坐在监控室里，仔细查看清衡中学附近街道的监控。

章见叶推开门走进来，把刚刚泡好的茶水放在池川白的桌前，直截了当地问："你和清衡中学那个老师什么关系？"

章见叶刚才在杂物室门口看到池川白时，那个老师也在那里。虽然两人之间没说话，但空气中明显弥漫着紧张的气氛。章见叶的直觉告诉她，两人的关系绝对不简单。

"毫无关系。"

几乎没多加思索就说出了这个回答。

章见叶不信，她上下打量池川白，见他确实没什么表情，才状似遗憾地说："真可惜，我还以为要多个情敌呢！"

章见叶在省公安局是池川白公认的绯闻女友，不仅一直和池川白是工作上的好搭档，生活中也一直攻势迅猛地追求他。虽然池川白一直不为所动。

说起来，章见叶也算是很了解池川白，他就是个寡情、寡欲、寡言的无趣的人啊。

不知道什么人才能见到他动情的一面。

听到章见叶的调侃，池川白的表情毫不松动，他甚至眼睛都没移开："别胡说八道。"

话虽这么说，但他握住茶杯的手却渐渐收紧，滚烫的茶水滴在他的手上，也毫无所觉。

鱼歌下班回到家时已经接近六点了，她随随便便炒了个蛋炒饭吃，洗个澡就躺在了床上上网。

她目不转睛地看着电脑上显示的新闻，脑子里不停思索着。

银星市是个小城市，很少有重大事件发生，最多的是原配痛打小三、谁家的狗咬了人这种新闻。所以最近发生的这几起失踪案都以粗体的形式挂在了银星市新闻网的首页，失踪人的照片、名字、所在学校都非常清楚。

会不会是有人在案件发生后跑去刻上符号，刻意伪装成连环失踪案呢？鱼歌胡思乱想着，但又迅速摇头自我否定，这也太荒谬了。

关掉电脑，睡着后，她做了一个梦。

梦里所有人的脸都是模糊一片的，但鱼歌就是能一眼认出不远处的他。

池川白。

看不清楚他在做什么，但鱼歌还是如往常一样主动跑过去和他说话。

可说了好几句他都不理。

梦里的鱼歌脾气不太好，冲他喊："你怎么这么讨厌，整天一副面瘫脸，除了我没人会喜欢你的！"

池川白还是不说话。

鱼歌赌气说："哼，没有我在身边一直陪你说话，你注定孤独一生！"

池川白沉默片刻终于开口了，他的声音轻飘飘的像是隔得很远："我可不就是孤独一生？"

他的身影渐渐模糊，鱼歌开始慌了，可还是怎么都碰不到他。

……

鱼歌猛地睁开眼，这才发现自己脸上全是泪水。

真是莫名其妙。

4.

第二天刚到学校，鱼歌就听说了案件的最新进展——罪犯主动联系失踪孩子的父母，在网络上喊话，索要巨额赎金。

他的行为看起来合情合理，却还是有些匪夷所思。这起案子在银星市已经闹得沸沸扬扬，他在这种情况下选择在网络上出声，显然是对此极有成就感。

他渴望得到关注。

和钟微微一块吃完晚饭走出餐厅时，天色已经完全暗下来了，鱼歌不禁打了个哆嗦。虽然现在是夏天，但只穿短衣短裤在夜晚的凉风下还是挺冻人的。

因为离家不是很远，鱼歌便与钟微微作别，选择了走路消食。

刚走到一条小巷里，就看到一个身影倚在路灯下，影子被拉得老长，手里的打火机有一下没一下地亮起，小小的火焰柔和了他冷峻的气质。

是池川白。

他怎么会出现在自己家附近？

因为上次的争执，鱼歌本不欲搭理他，径直从他身边走过去。

但想了想她还是顿住脚步，挤出笑来扭头讽刺他："哟，警官，您怎么在这里？"她仰头看看天空，"看风景呢吧？真是好兴致。"

池川白从沉思中蓦地睁开眼，手中的打火机险些摔到地上，他眼里闪过莫名的情绪，但又迅速变得无比淡漠。

他眉头蹙起，视线错过她落在黑漆漆的远处："你怎么在这儿？"

"住这附近呗，是不是很惊讶？"鱼歌眉眼弯弯，话中却讽刺味十足，"是不是想不到我也会有住的地方？"

是了。当初的鱼歌日日追在池川白的身后，他家的地址背得比自己家还熟悉。

他却从没有过问过鱼歌家里的情况。

也是，他本就不在乎。

"鱼歌。"池川白嗓音低沉地喊她的名字。

"第一个孩子就是在这里失踪的。"

"哦，是吗？"鱼歌无所谓地点点头，"这跟我有什么关系？怎么，难道会有人来绑架我吗？"

池川白低着头轻笑了一声，语气冰凉："是，当然没关系。"

他把打火机揣进兜里，迈步就走。

"池川白你还真可笑啊，不把精力放在破案上，却大晚上在这里看风景耽误时间，怎么？这就是你当警察的初衷？每日里浑浑噩噩？还真是悠闲又轻松啊，不知道失踪孩子的家长看见你这副样子，会怎么想？"

"哦？"池川白顿住脚步，在夜色的笼罩下他的侧脸轮廓有些模糊，但他的声音一如既往的清爽冷淡，"我想做什么，好像不需要——向鱼老师汇报吧？毕竟鱼老师和警察这个职业毫无干系，未免管得太宽。"

说完他不再停留，很快消失在转角处。

鱼歌双手抱胸冷冷地喊："池川白你还是这副老样子，一点都没变！"

你还是那么该死的冷静，自视清高得让我讨厌！

鱼歌始终记得自己离开家乡的前一天晚上。

那时的她母亲骤然离世，家庭发生巨变，父亲也严厉地阻止她去警校上学，即使她已经拿到了警校的面试通知。

突然之间天崩地裂。

她脑子里昏昏沉沉的，但还是记起自己和池川白的约定，想在临走前找他向他解释自己的无奈，却在池川白最常去的餐馆里听到了他和朋友的谈话。

即使到如今，那零零散散的语句还清晰地回荡在她的脑海里，一点点碾碎她所有的幻想。

"来来来，我们打个赌，就赌今天的晚饭钱！"

"赌什么？赌池川白能不能考上警校吗？哈哈哈哈……"

"这种必然会发生的事情有什么好赌的？还不如赌鱼歌能不能考上警校咧！"

"你说的是死皮赖脸老缠着池川白的那个女的？池川白的小跟班？"

"别这么说人家，她人挺好的……"

"那又怎么样？池川白很早以前就说过不会喜欢她这种女生！你看池川白平日里对她冷言冷语的样子！他们俩性格不搭的！"

"啊？那池川白不是答应她，只要她考上警校就和她交往吗？"

"这明显是开玩笑啊！你也信？她肯定考不上的吧……哎，池川白，你终于来了，来来来我问你，你觉得鱼歌能不能考上警校？"

"我并不关心。"是她熟悉的池川白的嗓音。

"哈哈哈哈，你怎么这样啊……要是她知道了该多伤心？"

……

我不知道别人在无助难过几乎要心灰意冷时，会想到谁。

但我只想到了你，就你一个，池川白。

说我是逃避也好，懦弱也罢。

那时的我只想得到你的轻声安慰，再也受不得一丝一毫的冷言冷语。

池川白独自在外面漫无目的地走了很久，回到临时宿舍的时候已经很晚了。他打开灯，把外套搭在椅子上，疲倦地躺倒在床上。

这两天章见叶一直埋怨他："川白，你最近怎么都不在状态？以前什么重大案件没碰到过？现在却连个失踪案都一直破不了！"

池川白，你到底怎么回事？

一直一个人生活得好好的，却在再次见到她时慌乱得像个高中生，险些控制不了自己的情绪。

你可不可笑？

幼不幼稚？

"鱼歌。"池川白轻声喊出这个名字。

并没有人回应他。

到处一片寂静，只能听到遥远的、不知道哪里传来的轻微的蝉鸣声。

池川白慢慢地笑了。

他捏了捏眉心，重新坐起来，摊开资料，仔细整理所有的线索。

一夜无眠。

第三章 ——

我想做什么，还轮不到
你来掣肘。

1.

鱼歌坐在办公桌前认认真真地批改作业，在翻到李思琪的本子时，毫不意外地看到里面一片空白。

她叹口气。

李思琪已经失踪好几天了，但案件还是没太大进展。

正想着，钟微微却打断了她的思绪："鱼歌，有人来了。"

鱼歌疑惑地看着她，不知道她在挤眉弄眼什么，再一转眼就看到了门口高大俊朗的身影。

"容竣？你回来了？怎么都不告诉我一声？"鱼歌欣喜地放下手中的红笔，走出去。

容竣是鱼歌在大学时期认识的朋友，在她情绪低落时给了她很多鼓励和帮助。目前他在银星市一所规模颇大的海洋馆里当兽医，因为名气大技术好，所以经常有外地的海洋馆邀请他过去出诊。

这不，他刚刚从外地出诊完返回银星市，风尘仆仆的样子。

容竣温和地笑一笑，把手里的一袋子水果递给她："要是你正在上课怎么办，我怎么好意思喊你来接我？那岂不是耽误孩子们的课程？"

鱼歌接过水果，眼睛笑得弯起来："这有什么不好意思的，我们是好朋友嘛……再说了，"她促狭地回头瞄一眼办公室里的单身女老师，"我实在没时间，可以喊其他有时间的人去接你嘛。"

容竣容貌清俊，行为举止彬彬有礼。自从知道鱼歌和他仅仅是朋友关系后，办公室里的几个单身女老师就各种虎视眈眈，向鱼歌索要他的联系方式。

容竣神色一顿，转开话题："我听说了最近市里发生的案子，你们学校那个女孩是你教的学生吧……你没事吧？"

"我倒是没什么事，只是希望失踪的孩子们不要有事才好。"鱼歌叹口气，眉头皱起来。

容竣担忧地望了她一眼，他不是很擅长安慰人，只好伸手抱住她，体贴地拍一拍她的后背。

清爽好闻的气息瞬间萦绕住她。

鱼歌大方地接受了这个拥抱，还笑着说："哎呀，不要搞得这么煽情嘛，我……"

声音僵住。

她正好瞥见楼梯口转弯处刚刚走上来的池川白和章见叶。

池川白还是面无表情，只是脸色更白了几分。

章见叶脸上却带着些玩味。

章见叶从第一次见到这个女老师起，就对她没什么好感，尤其是注意到池川白对她的态度也很是奇特。

鱼歌松开这个拥抱，下意识挑衅地回望过去。

池川白目不斜视地从鱼歌身边擦肩而过走进办公室里，章见叶经过时却一挑眉，冲鱼歌讽刺地说："哟，上班时间和男朋友见面呢？"

容竣敏锐地察觉到女警官的不友好，他皱眉寒声道："人民警察原来都是这么八卦吗，真是长见识了。"

章见叶脸色冷下来，哼了一声，大步走了进去。

"既然有警察来了，肯定是有关于案子的新情况，你先进去吧。"容竣理解地说。

"嗯，好。我们下次再聊。"鱼歌心不在焉地回复。

作别了容竣，鱼歌才走进办公室里。

她第一眼就看到章见叶和池川白并肩站在一起的身影，他们那么显眼，都是一身笔挺的警服，看起来无比般配。

说实话，她从来没有认真注意过章见叶，或者说是一直在刻意忽视这个人。

鱼歌不得不承认，自己是隐隐嫉妒她的。

嫉妒她能和池川白搭档携手破案，完成自己梦想中的事。

但这已经不重要了。

因为从离开家乡的那一刻起，这不再是我的梦想。

2.

"你们看一下，认不认识这个人？"章见叶把手中的照片递到老师们面前。照片上是个非常年轻的男生，青春朝气的脸庞，顶多不过十八岁。

办公室的人轮流看了一圈都没有人认识他。

于是池川白说："去教室试试。"

教室里果然有人认出他来，安婷指着照片兴奋地说："这个哥哥，我看到他来过。"

"什么时候？"

安婷想了想，说："就是周一，升旗仪式那天，我是班上来得最早的，我一进来就看到这个哥哥在我的桌子旁。我还问他是不是找人，他只说是走错了，就出去了。他还穿着我们学校的校服呢，估计是高中部的大哥哥。"

那就是了，安婷桌子旁就是李思琪的桌子。

池川白与章见叶相互交换了个眼神便走出了教室。

鱼歌也跟了出来，出于对李思琪的关心，她忍不住出声询问："他就是连环失踪案的嫌疑人？"

池川白淡淡回复："只是李思琪失踪案的嫌疑人。"

鱼歌皱眉："什么？"

池川白却不打算再解释，脚步匆匆地走在前头，打开手机不知道和谁通起话来。

章见叶似笑非笑地瞄了鱼歌一眼，语气隐隐带着些挑衅："关你什么事？"

"我和池川白说话，又关你什么事？你是他什么人啊？省公安局来的了不起啊？对群众就是这种态度吗？信不信我去举报你啊！"鱼歌不屑地翻了个白眼。

她向来秉承着人不犯我我不犯人的原则，这女警官都如此针锋相对，她凭什么要忍？

凭什么？就凭她是池川白的好搭档吗？真可笑！

"你！"章见叶被她拿话一激，脸涨得通红，有些气急败坏。她从小受尽家里宠爱，还没当面受过这种冷嘲热讽，"你这话什么意思？你干涉警方办案还理直气壮了是不是？"

"好了。"池川白挂掉了电话，打断她们的剑拔弩张。他皱起眉头，扫一眼楼下三三两两的警察，"接下来还有很多事情要忙，我们走吧。"

话是对章见叶说的。

章见叶表情缓和了些，她剜了鱼歌一眼，快走几步率先下了楼梯。

池川白立在原地盯了鱼歌几秒，他嘴角微微勾起，蓦然凑近她，温热的呼吸喷在她的侧脸上："你有必要像个刺猬那样活着吗，鱼歌？你累不累？嗯？"说完他骤然起身，双手插在兜里，面无表情头也不回地离开了。

鱼歌的手指渐渐攥成拳头。

"无耻。"鱼歌暗骂一声，转身走进教室。

很快地，网络上传出新闻，连环案已经侦破，自大的罪犯在进行赎金交易时露出马脚，被警方一举抓获。其实警方早已掌握了全部线索，同一时间内，前三起案子失踪的孩子们也被一一解救出来。

除了李思琪。

犯罪嫌疑人并不承认自己犯了第四起案子，也否认自己留下了所谓的神秘符号。

"我又不傻，留个符号让你们发觉这是连环案，费那么大动静来抓我，这不是自讨苦吃吗？但那个人的行为倒是让我好好出名了一把，哈哈哈哈……"

鱼歌怎么也想不明白，李思琪案的嫌疑犯为什么要把自己犯的案子和别人所犯下的案子以奇怪的形式联系在一起。

钟微微语重心长地告诉她："他是罪犯嘛，行为异常也没什么奇怪的，说不定他也是想出名呢。"说着又叹气，"希望李思琪也没事才好。"

鱼歌若有所思地点点头。

可狡猾的嫌犯并没有继续作案也没有出来耀武扬威，自那天带着李思琪从学校逃出来后，就再无声息。

鱼歌再一次在心里哀叹一声，这就是不当警察的坏处啊，什么都只能靠猜测。

3.

夜晚。

池川白一个人坐在车里，眼睛紧紧盯着不远处二楼亮着的那个窗户。他的面容疲倦但是眼神清亮毫不放松。

经过几天时间对几所学校附近监控的交叉对比，再到去各个学校一一确定他的样貌身份，警方现在已经迅速锁定了一个人。

顾烁，十七岁，辍学在家。

有意思的是，失踪案里的孩子们就读的几所学校他都待过，并且熟悉每一道可以翻越的围墙。

章见叶拉开副驾驶的门，丢了一瓶水给池川白："你休息一会儿吧，都守了两个晚上了，我看着你都累，也不知道他什么时候才会出门，我来守一会儿吧。"

池川白并不推托，打开自己这边的车门出去："麻烦你了。"

鱼歌除了和朋友有约外，向来没有大晚上在外面溜达的习惯。不知道为什么，这几天却总想出来走走。

她把这种奇怪的行为归结为：肚子饿了。

脚下的这条街道非常繁华，卖小吃的小推车，卖手工饰品的小摊子琳琅满目。

在尝遍周边小吃外，鱼歌拿起一个小摊上的塑料小吊坠把玩，式样很讨喜，她刚想跟老板问价，耳旁便响起了一个清脆的嗓音："老板，小朋友是不是都喜欢这种小玩意啊？"

鱼歌闻声看过去，是一个年轻的男生，他样貌清秀，穿着简单的 T 恤短裤，手中拿着一串精致的手链。

老板笑呵呵："那是当然，我家的东西最讨小朋友喜欢了。"一边说着，老板还一边看向旁边的鱼歌求认同，"是不是啊，小姑娘？"

鱼歌敷衍地附和："是是是。"

那男生瞟一眼鱼歌，咧嘴一笑："姐姐说是那肯定是了。"他边说着边从口袋里掏钱。

鱼歌眼神一闪，按住他的手："我一起付吧。"

那男生一愣，笑吟吟地望着鱼歌不说话。

见他不说话了，鱼歌只好无奈地耸耸肩："拜托，你真让我付啊？我只是想和你搭讪而已。"

　　鱼歌从口袋里掏出手机晃一晃："我只带了手机出来。"

　　那男生笑意更盛，低下头来数钱："当然不能让姐姐付。"

　　电光石火间，鱼歌左手紧紧攥住那男生的手腕，右手已经拨通了报警号码。

　　"你是给李思琪买的吗？"

　　那男生笑意不减，一个反手就挣脱出来，他丢下钱就跑，还不忘回头调皮地说："我还有事就先走一步了。"

　　鱼歌气急，正欲追过去，一个身影却比她动作更快，飞快地擦过她的肩膀，如离弦的箭一般追了过去。

　　是池川白！

　　鱼歌眉毛皱起来，也无暇去想池川白是从哪里冒出来的，下意识地径直跟着他追了上去。

　　顾烁的速度很快，熟练地转过几条小巷就不见了踪影，但池川白速度更快，一直紧紧跟在他身后。

　　很快池川白就抓住了顾烁，利落地拿出手铐反手铐上他。

　　鱼歌喘着粗气跑过来，正好撞上池川白阴沉的眼神，他呼吸有些急促，额前的头发已经被汗水打湿。

　　"你跟过来做什么？"池川白几乎是咬牙切齿地说。

　　鱼歌下意识地反驳他："我抓人啊，你跟过来做什么？"

　　巷子里有些暗，在昏黄路灯的映衬下，顾烁的眼睛闪着奇异的光。他笑嘻嘻的一脸无所谓："嘿，两位警官，你们抓我干什么？"

　　"没犯事，你跑什么跑？"鱼歌恶狠狠地瞪他。

　　"锻炼身体，夜跑都不可以啊？"顾烁咧嘴笑。

池川白懒得理这种无赖，把他推给身旁匆忙赶过来的警察。

警察陆陆续续走后，池川白瞪一眼一脸无所谓的鱼歌，像是被她的行为气到了，也转身就走。

自己不过是在附近转一转，散散步，没想到正好就看到不远处的鱼歌和不知道从哪里溜出来的嫌疑人顾烁站在一起。

她以为自己是正义的英雄吗？居然不管不顾就去和他说话，万一他身上带着凶器呢？万一受伤怎么办？

真是不可理喻！

反应迟钝、思维迟钝、做事冲动的白痴！

走了几步见她待在原地没有反应，池川白无可奈何，侧头寒声对她喊："还不走？"

"你要送我？"

"你确定你可以从这里绕回去？"

鱼歌嘴角一勾，快走几步跟上来，有人送总比自己走路回家要好。

"哎，池川白，你从哪儿冒出来的？"抓到了嫌疑犯，鱼歌心情颇好地问。

池川白嘴唇紧抿，显然并不想搭理她。

鱼歌又说："说吧，你是不是怕我率先抢了你的风头，这才火急火燎冲去追他？哎，说起来，他本人比照片上帅多了。"

池川白还是不说话。

鱼歌习惯性地撇撇嘴，嫌弃地说："池川白你是哑巴吗？不会说话是不是？"

说完两个人都愣住了。

4.

"池川白你是哑巴吗？不会说话是不是？"

也不知道从什么时候起，十七岁的鱼歌总是喜欢跟在池川白身后自言自语地和他搭话。最开始，池川白总是不搭理她，把她当成空气。

这样子久了，鱼歌也会有气馁的时候。

池川白一僵，默了片刻才冷冰冰吐出一句："你也可以选择不说话。"

鱼歌气得直跳脚："我偏说！我偏说！就是要烦死你！"

……

这样子久了，也会渐渐习惯身边有这样喋喋不休的一个人，习惯她无厘头，不分时间段地突然表白，习惯她在自己的生活里毫无顾忌地穿梭自如。

直到那个人突然一下子从生命里消失。

毫无征兆的。

鱼歌不再说话，难得地保持着和池川白同样频率的沉默。

走到顾烁楼下时，章见叶已经在原地等了很久了。看到池川白和鱼歌一起出现，她怔了怔，面色不善地看向鱼歌。

鱼歌也毫不示弱地回视她，脸上甚至带着恶劣的笑意。

"哟，章警官？"

章见叶忍了忍，缓下声音望着池川白说："李思琪已经救下来了，毫发无损。没什么事的话我先和他们过去问话。"

池川白果然没有挽留。

章见叶脸色沉下来，她不再说话，径直上了另一辆车。

鱼歌手脚麻利地上了池川白的车，还不耐烦地催促他："你动作快点啊，你怎么回事，舍不得你的警花小美人？后悔了是不是？心疼了是不是？"

直到池川白上了车，鱼歌还在嘲笑他："晚了，池川白，已经晚了，你就不该喊上我，你看那小警花脸色难看的，啧啧，我都替她难受。"

池川白隐忍地皱起眉，额上的青筋一跳一跳的。

"你闭嘴安静点。"

"喊，池川白你真没意思。"

……

直到到了鱼歌家楼下，池川白才说："以后不要做这么危险的事了。"

他嗓音低沉，像是在极力压抑着某种情绪。

鱼歌解开安全带的手一滞，旋即笑开："你是在关心我吗？不需要，池川白我告诉你，我不需要。"

她把车门重重砸上，透过车窗跟他说话："你早干吗去了？现在知道来假惺惺表示友好了？我已经不会再傻兮兮地对你感激涕零了。我想做什么，还轮不到你来掣肘。"

再也轮不到你来掣肘。

池川白眉眼霎时间冷下来，他不发一言，一脚油门驱车远去。

没几天，李思琪就照常来上课了，估计是受到了父母的叮嘱，她对所有的询问都缄默不言。

但回来了总归是好事。

钟微微也一改之前沮丧的情绪，每天欢快地缠着鱼歌做包子吃。

鱼歌如往常一样，开始批改当天的作业。她翻开李思琪的本子，看着里头新添的工整的字迹有些发愣。

这起案子看似已经结束了，却依然留下了许多谜团：譬如李思琪怎么会这么轻而易举地从学校失踪，譬如顾烁为什么要伪装成连环绑架案……这些谜团变成一个个秘密，被掩盖在他们紧闭的嘴里。不管是谁，好像都藏着些隐秘的不为人知的秘密。

于她而言是如此，或许于池川白而言，也是如此。

这些秘密的答案可能短时间，又或者一辈子都无法揭晓，但是没关系。

鱼歌用红笔在李思琪的本子上写了一个大大的"A"。

她坚信，通往真相的那条道路永远不会消失。

第四章 ——

池川白你怎么还这么幼
稚啊?

1.

日子过得很快，转眼间，失踪案已经进入尾声，再没有多少人
讨论了。

暑假也临近了，学校里一片轻松的气氛，教师办公室里也是。
周老师决定回老家搞同学聚会，钟微微打算去各地旅游，说不定还
能遇到帅气的男生，与他来一场浪漫的邂逅。

"要不要和我一起去？"钟微微笑着说。

"不了，就不打扰你勾搭小鲜肉了。"鱼歌打趣道，"好不容
易放长假，我可没有兴趣当电灯泡。"

"哦？难道你要和容医生过二人世界吗？"钟微微坏笑。

鱼歌佯怒，瞪她一眼："你怎么可以这么说我和容竣的革命友
谊？"

"那你打算去干吗？"

"嗯……我打算去锦和市找我爸。"

……

鱼歌下了班走出学校，居然在校门口看到了池川白的车，也不知道他等了过久。

鱼歌眉毛一挑，理所当然地无视他。

但聒噪的车喇叭声尾随在她身后响个不停，为了广大群众的情绪着想，鱼歌还是上了车。

"有话快说，我忙得很，没空听你说闲话。"

"案子结束了，我要回省公安局了。"池川白平静无波地说。

原来是告别。

她无所谓地点点头："哦？所以呢？关我什么事？你是临行前要和我探讨一下案件详情？向我证明你手段多么高超？来来来，我洗耳恭听……"

"我不想说案子。"池川白生硬地打断她。

"哦？那我们还有什么可说的？"

池川白目光渐冷，他讽刺地笑了一声，熟练地打着方向盘向左转，这才吐出一句话："鱼歌，你一直拿我当傻子是吧？"

这句语气不太好的话噌地点燃了她。

她好像听到了一个天大的笑话，声调拔高："傻子？你是在开玩笑吗池川白，你什么时候把自己和这个词挂上钩了？我才是傻子的最佳代言人才对吧，我当年追在你身后犯的傻还不够多？"

池川白的脸色一下子变了，他的眸光渐暗："你知道你在说什么吗？"

　　"我当然知道。"鱼歌说，她脸上甚至还带着快意的笑，"我在说我当初犯傻、犯贱、自甘堕落才喜欢你！"

　　"你冷静一点！"

　　"我现在很冷静！池川白我告诉你，我从没有像现在这么冷静过，我甚至为当年那个不冷静的我感到羞耻！"

　　池川白沉着脸不再说话，一路把车子开得飞快。

　　他随便把车停在了一个鱼歌并不太熟悉的地方，骨节分明的手指搭在方向盘上渐渐收紧。

　　"我知道你考上了警校，拿到了面试通知。"池川白极力按捺住自己的情绪才说，"你为什么没去？又为什么不辞而别？"

　　"我不想去警校，不想当警察了行不行？"

　　"你没听懂我的意思吗？我说的是不辞而别。"池川白定定地望着鱼歌，想从她漫不经心的脸上看出歉意来。

　　但很可惜令他失望了。

　　"对不起咯。"鱼歌快速地说，"难道你是想听这个？你今年多大了？哦，二十五还是二十六？池川白你怎么还这么幼稚啊？我为什么要事事向你报备？"

　　"你变了。"

　　这句笃定的结论瞬间撕碎了她仅剩的耐心，或者说她本来就对池川白没有了耐心。

　　她所有的耐心已经在高三毕业那年挥霍光了。

　　鱼歌笑起来："怎么着？我以前是什么样？我非得死皮赖脸追在你身后才是没变是不是？对，那我是变了，而且不会再回头。"

她一字一顿地回复他，"池川白你想都别想。"

默了半晌，池川白极突兀地笑了一声，随后冷静地说："好，很好。"

鱼歌你做得很好，是我自作多情，是我一厢情愿，是我自取其辱。

他转过头不再看她。

"下车。"他语气冰冷入骨。

鱼歌毫不在乎，脸上还是带着笑，她稳稳坐定："恼羞成怒了？池川白，你以前可没这么容易生气。"

她舒口气，眼睛快速地瞄一眼窗外："这里我不熟悉，送我回去。"

池川白抿着唇，脸色阴郁，双手握拳狠狠砸在方向盘上，发出一阵刺耳的车鸣声，吓了周围的行人一大跳。

说得一点也没错，池川白和鱼歌就是一点也不配！

无论是性格、为人处世，还是别的什么！所有人都能看出来，为什么你自己还看不清楚？

池川白你还在奢望什么？

你真是被她灌了毒药了，才会像个傻子一样期望她还喜欢你，才会像个傻子一样被她吸引，才会像个傻子一样等了她这么久，再也放不下她！

大抵是从没见过池川白这么失态过，鱼歌也不再说话刺激他，安安稳稳地坐车到了自己家门口。

下车后，她才轻快地敲一敲池川白的车窗："谢啦。"

她的眼睛弯起来，口里说出温柔的话语："祝你一路顺风。"

但池川白知道，鱼歌自己也知道，这句话多么冷漠又生疏。

　　她在说：再也不见，池川白。

2.

　　直到上了飞机，鱼歌还在犹豫，自己去看爸爸的这个决定对不对。

　　这几年和爸爸的联系一直很少，大家都在假装忙碌，假装之前的那场意外没有发生。

　　但事实就是事实，再怎么逃避也没有用。

　　到达锦和市后，鱼歌上了一辆出租车，向司机师傅报了爸爸的住址。

　　这是她第二次来锦和市，也是第二次来爸爸住的地方。第一次来还是刚刚离开家乡的时候，但那时候两人关系紧张，话不投机半句多，没多久她就搬去了银星市的大学宿舍住。

　　到了目的地才发现爸爸不在家，家里空荡荡的，但很干净，没有近期生活过的痕迹，爸爸显然出去很久了。

　　鱼歌并没有和爸爸通电话的习惯，之前早就说好了，要么是自己直接过来这边，要么是爸爸直接过去银星市找她。

　　还好有备用钥匙。

　　鱼歌随遇而安地进屋，把东西收拾好便出门闲逛。

　　锦和市比银星市要热闹很多，鱼歌一个人漫无目的地走走停停，倒也别有乐趣。当她刚刚从一家服装店走出来时，突然接到了容竣打来的电话。

　　"喂，容医生，怎么突然有空打给我？"鱼歌调侃他。

　　那头轻笑一声："这不是担心你无聊吗？"

鱼歌也笑起来，在陌生的街头能听到熟悉人的声音，的确是一件让人愉快的事。

"你今天不忙吗？让我猜猜……你现在肯定又在外地出差吧？"

容竣的嗓音非常轻柔，不自觉地就让鱼歌心情放松。

他含笑说："嗯，我刚从省海洋馆出来……正好碰见一个在街头乱逛的熟人，那个熟人在大热天居然穿着黑色的T恤和牛仔长裤。"

鱼歌立马四下张望，果然在街对面看到了容竣的身影，遂挂掉电话高兴地冲他招手。

"怎么会这么巧，我来锦和市，偏偏你也来了？"鱼歌笑着说。

容竣把菜单递给服务员，也慢慢笑起来："可能是老天安排我来请你吃东西的吧。"

鱼歌笑一笑："我来结账好了，这边我也算熟悉。"

"那倒不用。"

"你这次会在这边待多久？"鱼歌问。

"这边海洋馆一只名叫闹闹的海狮不小心受了伤，"容竣微微蹙眉，"一直没有好转，还要好几天才能治好吧。"

"这样啊，那你这几天肯定很忙咯？"

容竣定定地看着她，眼里情绪莫名："吃个饭的时间还是有的。"

鱼歌点点头。

"你呢？打算待多久？"

"还不一定，毕竟我假期长，在这边住两个月也没什么关系。正好你也在这边，也可以找你玩啊。"鱼歌笑着搅动桌子上的咖啡。

容竣装作懊恼的样子，无可奈何地说："真是羡慕你们老师啊，作息时间和学生时期一样，而我们每天都要辛辛苦苦上班。"

鱼歌被他的样子逗得哈哈笑："你是不知道我的工作有多枯燥！我还羡慕你可以近距离接触可爱的海洋生物呢，我还只在电视上看过。"

容竣的笑意缓下来，顿了顿才接着说："只能说有好有坏吧。"

"哦？"

鱼歌不解，容竣却没打算继续说下去，扯开了话题。

3.

和朋友待在一起的时间总是轻松又惬意，等容竣送自己到家时，鱼歌还半天没缓过神来。

这样对比起来才发现一个人有多无聊。

原本计划是陪独居的爸爸度过这个暑假，没想到爸爸不在，计划瞬间变更为一个人吃、一个人睡、一个人逛街。

她百无聊赖地打开电视机，电视里恰好在播新一期的《今日说法》，主持人的脸很熟悉。

她摁键的手不由自主地停下来。

《今日说法》每天都播出，高中时期的她几乎每天都看，但后来……却没有了这个兴致。

这期节目里讲的是一个关于诈骗的故事，她双手抱膝认真看起来。

以前在池川白家里，也看过一个类似的故事。

她已经记不清具体讲的是什么了，记得清楚的理由其实是，那是鱼歌第一次去池川白家里。

当她第三次固执地敲门时，池川白才冷着脸让她进来。当时的她脸被太阳晒得通红，整个人蔫巴巴的，像一只猴子。

池川白的父母在很远的地方上班，要到晚上才会回来，所以中午这会儿都是池川白一个人在家里。

他打开门后就不再理会鱼歌，也不问她为什么过来，径自坐在沙发上看起书来。他认真时的样子很好看，长长的睫毛盖住他的眼睛，不露半分神色。

鱼歌好奇地四处张望了一番后，就自来熟地打开电视调到了中央台，津津有味地看起来。

鱼歌是个闲不住的性子，总忍不住和池川白搭话："川白，你看这个人，傻得不行，这样都能被骗，哈哈哈哈……"

"啧啧，我们警察就是牛逼……这么细微的异常之处都能一眼发现……"

……

说得多了，池川白也会跟着鱼歌看两眼，还和她讨论几句。

这天不知道是怎么回事，可能是看鱼歌的脸异样泛红，老半天都没有恢复过来，也可能是看她叽叽喳喳一直说个不停。

池川白破天荒地问："你渴不渴？"说着还从冰箱里拿出冰冰凉凉的柠檬水给她喝。

于是她便受宠若惊地接过来捧着喝。

那时的她，会因为池川白的一点点好而高兴得不得了，整颗心脏都被充盈得酸酸甜甜的，冒着粉红的气泡，简直要爆炸了。

　　或许那时的她，印象深刻的不是那期关于诈骗的故事，而是那杯好喝的柠檬水。

　　那是池川白给执着追逐他的她，最初的温柔。

第五章 ——

当时那句一起考警校
的承诺是连我自己都没
察觉的真心。

1.

转眼已经在锦和市待了好几天了，有名气的景点已经一一去过
了，大型商场也纷纷购物了一番。鱼歌翻阅着手里的《最美锦和》
的小手册，把地点一个一个地划掉。

直到视线定格在"锦和海洋世界"。

锦和海洋世界是省海洋馆，规模特别大，隔得老远就看到门口
售票处，熙熙攘攘的全是排队的游客。

没办法，既然选择了这里，就该老老实实排队。

鱼歌把遮阳伞的伞柄从左手换到右手，又换回左手，来来回回
好几遍才轮到她进馆，全身的力气已经被炽热的阳光消耗得差不多
了，根本没有精力到处游玩，此刻只想找把椅子坐下来好好休息一
会儿。

正好两点一十五的海狮表演开始了，两三个拿着摄像机和话筒的记者走进去采访，很热闹的样子。于是她也好奇地随着人流跟过去看。

这其实是她第一次到海洋馆来，也是第一次看海狮表演。老实说，给她的感觉并不好。她不知道别的海洋馆是什么样的，但这只在舞台上摆出各种姿势的海狮明显很疲惫，动作也很迟缓，并不是很配合。隔得很远她看不大清楚，但那个女驯养员的态度好像也凶巴巴的。

真是一次糟糕的体验。

表演结束后，她郁郁寡欢地随着陆续离开的游客往外走。

"容医生……"

穿着蓝色工作服的女驯养员阿甜推开急诊室的门走进来，她的脸颊微微发红，小心翼翼地对办公室里的容竣说："麻烦您再去给闹闹检查一下吧，它好像不太舒服……"

容竣从一堆文件中抬起头，好看的眉头皱起来，他一边起身戴手套一边说："又带它去表演了吗？它的身体状态并不适合高强度的动作。"

阿甜为难地点点头，主动上前帮容竣整理医药箱："孙师傅说它是馆里的大明星，没它大家都不愿意看表演。"

孙师傅是整个海狮馆里的驯养员主管，是个脾气很暴躁的中年人，馆里的一众驯养员都很怕他。

"走吧。"容竣不再多说，垂眼提着医药箱跟着阿甜往外走。

闹闹的状态很不好，病恹恹地趴在地板上，黑色的身躯上布满大大小小的伤痕，有的伤口早已经结痂，不仔细看根本看不出。

它明显是受到了虐待。

容竣打开医药箱，打算重新给闹闹裂开的伤口上一遍药，并仔细叮嘱一旁的阿甜让它好好休息。

阿甜忙不迭地点头应允，但这并没有任何用处。

孙师傅骂骂咧咧地从走廊那头走过来，他手里拎着根细长的棍子，还没走近就大喊大叫："怎么还没医好？这都多少天了？"

阿甜慌慌张张地打着手势："啊……孙师傅，容医生正在上药呢，您别着急。"

孙师傅已经走到了跟前，他眯着眼随意打量了闹闹一眼后，将怀疑的目光投向容竣。

"医生啊，不是我说你，你说你都医了多少天了？一点起色都没有！再这么下去，馆子都要倒闭了，大家都去喝西北风得了！"

容竣没回话，甚至眼睛都没抬，手很稳地继续涂药。

气氛有些尴尬。

阿甜拽了拽自己的衣角，磕磕巴巴地想帮容竣解围："那、那个……容医生他……"

"我没瞎，犯不着你来说话！这还不都是你的错？"孙师傅蛮横地打断她，"容医生你上完药了没有？差不多就得了！下一场演出马上就要开始了，你可别耽误了馆里赚钱的时间！"

"孙先生……"容竣站起身，他身量修长，比孙师傅要高出一个脑袋。

"恐怕你弄错了，不是我医不好它，而是你没给它休养的时间。

它到底怎么受伤的我不管，但以你现在的态度，想要它完全痊愈估计是不可能了。"

"嘿，你这话倒有意思。"孙师傅冷哼一声，拿棍子远远戳了戳海狮的身体，激得它抖了一抖，哀哀地呜咽，"说得好像我对不住它一样，它只不过是个畜生，天天休息那养着它有什么用？我这不是给它请医生了吗，不然你以为你过来是做什么的？替它上台表演吗？"

容竣神色瞬间冰冷下来，他不欲再说，收拾好医药箱脚步匆匆地离开了现场。

"好了好了，"孙师傅不耐烦地挥挥手，"阿甜你把它带去芝漪那里，让芝漪带它练习练习。"

"啊？芝漪姐不是还在休产假吗……这么快就回来了啊……"
……

2.
鱼歌绕着整个海洋馆参观了一圈后，刚打算离开，就正好看见从海狮馆里步履匆匆走出来的容竣，他提着公文包，一副要下班的样子。

"嘿，容竣！这边！"鱼歌喊。

听到声音，容竣脚步一顿，不动声色地收敛情绪，眉头也不自觉地舒展开。

"今天怎么有空过来……"他望过来，微笑着走近鱼歌，示意海狮馆外的小凉亭有空位子，"过来都不联系我，真不够朋友。"

"喏，明明给你发了短信，你没回。"

容竣拿出手机来看，这才发现有几条未读短信。

"抱歉，工作太忙。"

"没事没事。"鱼歌龇牙咧嘴地拍一拍容竣的肩膀，笑嘻嘻地说，"请我吃根冰棍我就原谅你了，这大热天的，真糟心啊。"

的确糟心得很。

"池警官？池警官？"

池川白镇定地合上卷宗，淡淡地瞟一眼局促地站在门口的小吴："什么事。"

"那个……池警官，已经下班了，章警官问您去不去吃饭。"小吴苦着脸郁闷地说。

自此上次池警官和章警官从银星市回来就都变得古里古怪的：一个天天埋在各种陈年旧事的卷宗里，日日黑白颠倒，这不，一喊他还半天没反应；另一个也一反常态不再主动和池警官搭话，反而有事没事就要他帮着传话。

明明两个人的办公室挨在一块，却要他当这个两头不讨好的传声筒。

小吴座位旁边的朱警官知道了，神秘一笑："你懂什么，这叫欲擒故纵。两口子闹别扭呢，没多久就又如胶似漆了。"

小吴不觉得这是欲擒故纵，欲擒故纵也得是双方都有意思吧，反正他是没瞧出池警官对章警官有意思，也没瞧出他们是小两口。

"不了，我还有本没看完，"池川白说，他随手把案头几本看完的卷宗整理好递给小吴让他带出去，"你们去吃吧。"

"哦。"他不再多劝，老实地掩上门出去。

池川白吐出一口气，疲倦地靠在转椅上，半合上眼睛沉浸在自己的思绪里。

摊在桌子上的早已泛黄的卷宗是他费了好一番工夫才弄到手的，不是什么惊险离奇的重大案件，可上面的内容却让他的脑袋隐隐作痛。

当年鱼歌的离开似乎有了解答，又似乎成了更大的一团迷雾。

得知鱼歌离开的消息时，池川白正在看一本犯罪学的书，书的内容他记不清了，或者说他下意识不想记起。

邻居兼好友陈以期火急火燎地跑过来冲他说："你知不知道鱼歌搬走了？嗨，这姑娘！走了都不跟我打声招呼！真是不够意思！她是不是也不打算考警校了？"陈以期愤愤不平，"哎，川白，她应该有告诉你吧？"

池川白身子一僵，淡漠地回复："没有。"

"哦……啊？她都没跟你说啊？她这么喜欢你居然没跟你说？"陈以期惊讶地反问。

他上下打量池川白一番，自顾自地得出结论："不过也是，你本就不喜欢她，她说不说反正你都不在乎的……哎哎哎，但我不同啊，我和她那么好的交情！"

默了默，他又突然老成地叹息一声："喜欢上你这种人，我真替鱼歌不值。"

……

陈以期已经离开很久了，可池川白桌前的书再也没有翻动一页。

池川白不喜欢鱼歌。

好像所有人都这么认为，连池川白自己也这么认为。鱼歌离开后，生活好像一下子回到了正轨。再没有人"哐当哐当"地大早上敲窗户，再没有人追在身旁聒噪地谈天说地，再没有人每天对他说："池川白，我喜欢你呀。"

直到某一天，池川白不耐烦地回头喊："鱼歌，你安静一点。"却发现身后一片空荡荡的时候，他才蓦然明白过来。

当时那句一起考警校的承诺是连我自己都没察觉的真心。

我的生活从此漫长而枯燥。

没多久门又被推开。

池川白皱眉，眼睛也不睁："小吴！"

"是我。"

池川白这才抬眼看到章见叶怒气冲冲地站在门口。

"我没有胃口，你不用叫我。"池川白收回视线，冷声道，"帮我把门带上，谢谢。"

章见叶的高跟鞋和地板摩擦出刺耳的声音，但她说的话显然更不讨喜。

"所以你打算和这堆——"她想了个形容词，"死气沉沉的卷宗待到什么时候，池大警官？"

池川白烦躁地捏一捏眉心。

看吧，我居然会觉得你和鱼歌相像，都是尖酸刻薄不讲道理，哦不，你比她要冷静委婉理智得多。

"锦和海洋世界刚刚发生一起凶杀案，你要不要和我一起过去？"章见叶说。

3.

省海洋馆外。

鱼歌咬完最后一口冰棍，把包装袋利落地扔进垃圾桶里后，一把捞起自己的背包："我们走吧，容竣。你应该已经下班了吧？馆里我已经参观得差不多了，我们出去吧。我知道一家还不错的店，我们可以去……"

话还没说完，就被一阵急促的警笛声打断，鱼歌循声望过去，正好看见好几个警察神情严肃地跑过来拉起警戒线，馆里的游客被有秩序地驱散出来，几个穿蓝色制服的工作人员正焦虑地跟领头的警官说些什么，隐隐可以听到"孙师傅""会议室"等词汇。

鱼歌心里一紧，下意识地望向最近在馆内工作的容竣，说："你们馆里好像出事了。"

容竣点点头，眉头蹙起来。他拦住一个刚从里头走出来的游客打听了一番后，说："馆里好像发生了一起凶杀案，我大概知道一些线索，应该可以帮上忙。"

"需要我做些什么吗？"

容竣笑了笑，安抚地拍一拍鱼歌的头顶："不用，你别着急，我进去一趟马上就出来。"他随即站起身朝那几个警察走过去，和他们说了几句后，居然真的进去了。

鱼歌潜意识觉得容竣口中的事并不是什么好事，虽然知道他一向富有正义感，但还是放心不下，于是跟着他的脚步也往馆内走，理所当然地被警察拦下。

"小姐，这里发生了命案，闲杂人等不可以进去。"

鱼歌一愣，眉毛皱起来："那刚才那个人是怎么进去的？"

那警察并不欲解释："小姐请你不要妨碍警方办案，快离开吧！"

鱼歌自然不依，还想与他再争辩，却被一只手拉住，猛地往后面一拽，她重心不稳，一个踉跄险些摔倒。

"嘿，好久不见啊，鱼老师。"

章见叶揪住鱼歌的衣服，似笑非笑地望着鱼歌。

"你怎么有空来锦和玩？是来找人还是做什么呢？"她一边寒暄着，一边侧头叮嘱那个警察，"不要放她进来捣乱。"

那个警察严肃地敬了个礼。鱼歌却瞬间怒了："你什么意思？看我不顺眼假公济私是吧？我有朋友在里面，我为什么不可以进去？"

章见叶挑眉笑了笑："鱼老师，别把这里当成自己家想进就进，警察办案还轮不到你来插手。"她笑着回头，"你说是吧，川白？"

鱼歌一怔，下意识地扭头。

果真是池川白，没想到这么快又遇见他。

池川白没有穿警服，他脚步匆匆地走上楼梯，不含情绪的眼睛从鱼歌身上一扫而过。

他语气冷淡道："走吧，别耽误时间。"

章见叶嘴角浮起一丝笑，她状似安抚地对鱼歌说："别着急，你很快就能见到你朋友。"

天色渐渐暗下来，鱼歌独自坐在海洋馆外，等了又等都不见容

竣出来，倒是一个穿蓝色工作服的圆脸年轻女孩犹犹豫豫地跑了过
来。

"你好……请问你是不是叫鱼歌？"

"我是，你有什么事？"

阿甜松口气，脸上露出笑容，又觉得有些不合时宜，尴尬地搓
搓手："你还真在这里啊……啊，是这样的，是容医生让我出来看
看你还在不在，如果你还在的话，就让我告诉你，他现在暂时还不
能离开。嗯……他的意思是让你先走不用等他啦。"

这个女孩有些啰唆，但鱼歌还是耐心地没有打断她，等她说完
才问："出什么事了？"

阿甜眉毛皱成一团，想了想才说："我们海狮馆里的孙师傅死了。"

"孙师傅是谁？这和容竣有什么关系？"

"容医生他……他可能和孙师傅的死有关系……啊，具体是怎
么回事我也不是很清楚，他现在正在里面做笔录呢，我也不知道他
什么时候才能完事……"阿甜告诉她。

4.

夜色已深，街道上已经没多少人了。

当池川白走出海洋馆时，鱼歌还蹲在外头百无聊赖地数星星。

她听见靠近的脚步声回头："哎，容竣你终于……怎么是你？"

之前拦住鱼歌不许她进去的警察，当着众人的面无意中提了一
句：那个脾气很差、死活闹着要闯进来的女生还赖在外面不肯走，
真是固执。

于是，池川白就鬼使神差地出来了。

见她果真还没离开，池川白脸色沉了沉，他紧抿的唇线讽刺地微微扬起，强硬地扯起鱼歌的手臂："你今晚是打算睡大街是吗？"

"什么睡大街？我在等我朋友，你放……放开我！"

"你等谁不关我的事，现在马上给我回去。"

在原地坐了许久，此刻突然起身，鱼歌脚有些发麻，她踉跄了几步才反唇相讥："你未免管得太宽了吧？池川白，我好像也没打扰你破案吧？我等我朋友怎么了，又碍着你什么事了？"

池川白停住，他的衣服因为鱼歌的挣扎有些凌乱，他反复按捺住心头涌起的不知名的烦躁情绪，才说："你别闹了好吗？别这么固执，你朋友一时半会儿不会出来的，他可能还得去一趟局里协助调查。不早了，这边打不到车，我送你回去。"

鱼歌自动忽略了他的后半段话，径直问他："容竣怎么了？他不是进去提供线索的吗？"

"川白？"一个熟悉的女声从身后不远处响起。

章见叶自看见鱼歌起就开始心神不宁，她在馆内没有发现池川白的踪影，就下意识地跑了出来。

果然。

她声音有些干涩："你怎么突然出来了？里头还有很多事等着你处理。"

池川白回头看她一眼："现场勘查已经收尾了，审讯那边的工作你们不用等我。"他收回目光紧紧盯住鱼歌，"我有点事，马上就回来。"

鱼歌隔着池川白的肩膀露出半个脑袋，眼睛弯了起来："嘿，章警官，你来找池川白吗？真抱歉啊，他乐于助人的事做上瘾了，非上赶着要当免费司机……"

话还没说完，她就被池川白塞进了车里。

"怎么？你没看到她的表情吗？"鱼歌看着池川白弯腰帮她扣安全带的手指笑起来，"你果然还是这么狠心啊池川白，从来都不会顾及别人的感受。"

"你什么时候能不这么说话带刺？"池川白拉开车门弯腰坐进了驾驶室，他伸手扭车钥匙的动作有些重，"很有意思是吗？"

鱼歌静了一瞬，才笑着说："我没有话中带刺，你没听过这么一句话吗？见人说人话，见鬼说鬼话。"

她瞥一眼池川白冷峻的侧脸。

"我只是，正当防卫。"

第六章 ——

我说! 让池川白马上出
来!

1.

海狮馆驯养室里。

年轻的女人被蓝色工作服包裹得严严实实，她坐在驯养室里的
水池边，怜惜地抚摸着海狮闹闹的头，小声安抚它，还时不时从桶
子里递鱼喂给它。

可她的肚子却突然一阵绞痛，直痛得她脸色苍白，手里的鱼也
"啪"地摔在地上。

她忍了好一会儿，这波疼痛才渐渐缓和下来。

"林芝漪，到你了。"一个警察走过来对她说。

林芝漪撑着围栏艰难地站起来，快速地小口呼吸了几下。

"嗯，这就来。"

因为海狮馆里员工众多，无法一一带回去做笔录，二楼孙师傅

的办公室便成了临时审讯室。

做笔录的女警察温和地对林芝漪说："别紧张，就是问几个问题。"

林芝漪白着脸点点头，手指却不自觉地抠着桌沿边突出来的木刺。

"请问案发时你在哪里？"

"我在训练闹闹，为下一场演出做准备。我是海狮驯养员……闹闹是馆里的明星海狮，这是孙、孙师傅安排我的任务。"

"有人可以为你提供不在场证明吗？"

"没有……但我真的一直待在闹闹的驯养室里没有出来，警察同志请你一定要相信我！"

……

"请问你和死者是什么关系？"

林芝漪盯着录音笔沉默了半晌，才回答："我是他的妻子，我们结婚五年了。"

当晚池川白送鱼歌回家时，并没有透露任何讯息给她。

鱼歌是在第二天的下午才得知案件最新进展的。

容竣被暂时拘留了，他被警方认定为案件的重大嫌疑人。

带给她消息的阿甜还告诉鱼歌，警察们在容竣的急诊室里发现了犯罪证据，是一把残留着少许孙师傅血液的手术刀，刀的形状和孙师傅的伤口完全吻合。

"你说什么？容竣怎么可能是杀人凶手？"

"是，我也觉得容医生不会做出这种事呀。他人特别好，对闹闹也特别有耐心，每次闹闹不舒服他都会第一时间赶过来……"

"这么快就锁定案子的重点嫌疑对象也太草率了，警方都不调查取证的吗？"

"哦，据说是刑侦总队一位破案非常厉害的警官拍板认定的，他好像威望还挺高的……对了，他好像是姓池，姓氏还蛮特别蛮好听的。"阿甜在电话那头说。

池川白，池川白！又是池川白！

怎么最近总是绕不开这个名字，他是存心和自己作对是不是？！

鱼歌咬牙切齿地把电话挂断，径直搭车去往省公安局。

她一边等司机找零一边暗骂自己愚蠢，早知道锦和市是本省的省会城市，是省公安局所在地，是池川白的老巢，那么说什么她也不会过来！

对！也不让容竣过来！

这样就不会陷入这个莫名其妙的凶杀案里！

"这位小姐……咳，报案的话要按流程走不能硬闯的，您、您可以先在这里等一会儿……"

小吴愁眉苦脸地拦在鱼歌面前，阻止她往里头闯。他实在不明白门口的保安是做什么吃的，怎么会放眼前这位面目狰狞、一副要杀人的样子的姑娘进来。

"我不报警，麻烦帮我叫一下池川白好吗？让他马上出来！对，就是那个鼎鼎大名的池警官！池川白！"

"啊？你找池警官？池警官很忙的，估计没有时间，你有什么事跟我说也是一样的，我可以帮你转达给他……"

"我说！让池川白马上出来！"鱼歌气急败坏，下意识地喊出这句熟悉的话来。

2.

"你听不明白是不是？我说让池川白马上出来！你拦着我做什么？"鱼歌哈出一口白气，跺着脚冲陈以期大喊。

她的脸被冻得通红，但还是不依不饶地瞪着面前的男生。

"哎哟，我的姑奶奶，池川白还在睡觉呢，你快别打扰他了。"陈以期把鱼歌从池川白家门口拉开，连连双手作揖，样子滑稽搞笑。

"你别忘了昨晚他是帮谁补习功课补到深夜！"

鱼歌禁不住扑哧一笑，又硬生生忍住："那好，那我在这里等他起来。"她上下打量陈以期一番，"倒是你，守在他家门口做什么？跟诸葛先生守门的小童子一样。怎么，站在外面吹冷风很好玩吗？"

陈以期苦着脸："不好玩。我这不是好几张试卷没做完，明天上课就要交了，等着拿他的借鉴一下嘛。"

鱼歌毫不留情地嘲笑他："哈哈哈哈，陈以期啊陈以期，让我抓到你的把柄了吧，看你以后还敢不敢笑话我！"

陈以期是池川白一同长大的朋友兼邻居，自从鱼歌追在池川白身后开始，就没少笑话她的不自量力。

话还没说完，肩膀处就传来一阵暖意。

再一抬眼，池川白已经站在了身旁，他的外套搭在自己的肩膀上，明显是被外头的吵闹声吵醒刚刚起来的，他的头发有些凌乱，但还是俊朗又好看。

　　他眉头紧紧皱起："你这么早过来做什么？"

　　鱼歌脸上堆起笑容，喜滋滋地把怀里的包子拿出来："喏，为了感谢你昨晚的帮助，我亲手给你做了早餐。这可是我特意请教了对街的刘奶奶才学会的，保证超级无敌好吃！你快趁热吃吧！"

　　"哎哎哎，鱼歌你够不够意思？要不是我辛苦帮你求情，池川白怎么会帮你补习功课？！怎么没看到你感谢感谢我？我不管！包子分我一半！"

　　"哎，你别动……手拿开，这是我给川白带的，本来就不多，你要吃的话等下次！"

　　……

　　"好了，小吴。"

　　池川白将手中一沓资料递给小吴，脸色有些冷："你先去忙吧，顺便帮我把这份资料交给章警官。"

　　小吴讪讪地放下手，瞄一眼不知道什么时候走出来的池警官，又瞄一眼鱼歌：怎么，池警官真认识她？长得虽然挺漂亮，但未免太盛气凌人，难不成是池警官的远房亲戚？

　　他边慢慢吞吞地往办公室的方向走，边竖起耳朵听，用余光注意那边的动静，但无奈的是什么都没有听清楚。池警官低声和她争执了几句后，那姑娘居然强硬地拉着池警官往外走了。

　　小吴瞬间惊得目瞪口呆，头一回见池警官受制于人，而且池警官也没有反抗，不得了啊，不得了！

　　这两人不对盘的样子，估计不是远房亲戚，而是世代仇人哪。

"容竣不可能是杀人凶手。"毕竟有求于人，鱼歌渐渐冷静下来。

"你怎么知道？"

"因为我了解他，"鱼歌扭头看车窗外的风景，笃定地说，"我知道他是什么样的人，我知道他不会做那种事。"

池川白眸色渐深，嘴角微扬地讽刺："哦？是吗？他是你什么人？你就这么了解他？"

"是……"鱼歌看着他的侧脸说，"跟你不一样池川白，我从来都不了解你。但我了解他，他是我的好朋友，我和他在一起的时候最轻松，你知道为什么吗？"

"因为你高高在上，我们对于你只是渺小的蝼蚁，你从来不坦露你的内心，从不明明白白说出你的感受。而我已经受够了猜测你，受够了自作多情。而他不同，他理解我也体谅我，他在我无理取闹时不会像你一样说：'鱼歌你怎么又犯同样的错误？'然后不理我，等我去认错，而是说：'好，我陪你。'"

或许我的要求是很不合理，但我心甘情愿摔得遍体鳞伤，而不是包裹得严严实实，不去触碰所有可能并不会发生的危险。

就像我喜欢你就奋不顾身追逐你一样。

池川白没有接着问下去，他沉默了很久，眼里的凉意越浸越深。他一路开得飞快，然后在一栋不起眼的楼前停下。

"他暂时拘留在这里，"池川白说，"按道理是不允许探视的，但我会和拘留所的人打招呼，让你跟着律师进去见他。"

鱼歌的手指已经抠在了门沿上，她的声音与沉重的关门声融为一体，几乎听不见。

"多谢了。"

池川白不动声色地别开眼，静静望着另一侧的窗外。

云层有些低，似乎是要下雨了。

3.

鱼歌没等多久就见到了容竣，他脸上依旧带着从容不迫的笑意，好像拘留所的生活一点也没有影响到他。

"到底是怎么回事？"鱼歌直截了当地问，"我知道你不会杀人。"

"谢谢你的信任，鱼歌，很抱歉让你担心了。"容竣皱着眉笑，"没关系的鱼歌，只是暂时拘留而已。虽然现有的证据指向我，但我相信池警官肯定不会让我蒙冤。"

"你还说！就是鼎鼎大名的池川白警官害你被拘留的，你不知道吗？"鱼歌吐出一口长气，晃掉脑子里不切实际的念头，连珠炮似的说，"好了好了，不说他了。咱们不靠他也一样可以查清楚真相，你先告诉我你所知道的线索吧。"

容竣无奈："你呀。"

容竣给闹闹上完药，提着医药箱从驯养室走出来时，就正巧撞见了脸色苍白的林芝漪，她神情恍惚地往会议室方向走。

容竣自然是认得她的，林芝漪是省海洋馆里出色的驯养员，容竣多次来省海洋馆出诊，经常会和她碰面。

更何况她是海狮馆驯养员主管孙师傅的妻子。

她客套地冲容竣点点头，就匆忙走进了走廊尽头的员工会议室，那里头连着一间小小的卧室，孙师傅一般情况下不是在二楼办公室就是在那里面休息睡觉。

容竣以为她是有事找孙师傅，不作多想就径自离开了。

后来才听说孙师傅死在了那间会议室里。

鱼歌一口气提出一大串问题："所以你认为凶手是林芝漪是吗？你和警方说过吗？那为什么证据会指向你？是她把凶器藏在你的办公室了吗？她为什么这么做？"

容竣说："我不清楚。"

直到鱼歌若有所思地离开了，容竣才垂下眼笑了笑，他的眼睛里闪过一丝莫名的暗光。

容竣没有告诉鱼歌的是，池川白在案发当晚其实就找过他。

池川白记性极好，一眼就认出，容竣是当初他在银星市清衡中学办公室门口见过的那个男人，也就是刚才鱼歌口中的"有朋友在里面"。

他饶有兴致地审视容竣，说："容先生，现有的证据恐怕对你很不利，不仅是沾着死者血液的凶器藏匿在你的办公室里，你的口供也无法很好地帮助你洗脱嫌疑。"

容竣温和地笑了笑，好像并不在意："是吗？"

"你说你在医治完海狮后直接返回了办公室，一直到下班后才出来，你独自在办公室待了两个小时，可是并没有人可以帮你做证明是吗？"

容竣点头。

"你怎么解释出现在你办公室里的凶器？"

"我无法解释。"

池川白的眸中带着深意："你究竟做了什么呢，容先生？"

容竣并不回复他的提问，话锋一转："照目前的证据来看，我要被先行拘留是吗？"他脸上依旧挂着浅笑。

在身上或者住处发现有犯罪证据的嫌疑人，公安机关可以先行拘留。

池川白嘴角一勾，目光似要穿透他："我只相信证据，不相信一面之词。"他站起身拉开了孙师傅办公室的门。

临走前，他淡淡丢下一句："你为什么明明离开了海狮馆，却在得知死者死后……或者说警察来后，突然折返？"

4.

池川白的车子一直静静地停在外头，鱼歌出来后一弯腰就上了车。

"怎么样？"

"我说了凶手不是容竣。"

"哦。"池川白淡淡回复，"你说怎样就怎样吧，反正你主观臆测已经不是一次两次了。"

"你不信是不是？"鱼歌的指尖紧紧抠住安全带。

"鱼歌，破案不是靠个人情感支配，而是靠事实和证据。你没有证据，那我为什么要听你的一面之词？就凭你们认识？"

鱼歌缓了缓，克制住自己的情绪才试探地问他："我会找证据证明他的清白的，这个案子是不是归你管？"

鱼歌心里想着：如果池川白要是肯帮忙的话，肯定能更快速地洗脱容竣的嫌疑。

"抱歉。"池川白单手捏了捏眉心，像是已经看穿她的打算。

他眉目清朗，嘴角微微勾起："我不想管这个案子。"

鱼歌蓦然被这句话一堵，说不上是失望还是高兴。

她下意识地仰着头反唇相讥："你想什么呢！你是在自作多情吗，池川白？我是想说，这个案子不是你管的话最好了，免得拖累我！免得冤枉了好人！"她恶狠狠地瞪了池川白一眼，"你已经害他被拘留了不是吗！"

"难道我应该在现有的证据下放过他？鱼歌，你不要太天真。"池川白淡然地说。

外头淅淅沥沥下起雨来，前方的道路变得朦朦胧胧的。池川白隔了好久才按下雨刷器，刮了没几下前窗就又恢复得无比清晰。

在噼里啪啦的雨声中，池川白的声音有些模糊。

鱼歌并没有听清，索性僵着脸恍若未闻。

没多久，池川白就踩下刹车停了下来。

"到了。"他冷冷说。车子停在了鱼歌所住的小区门口。

可车锁并没有开，鱼歌试了好几下才怒气冲冲地扭头："你耍我是不是？"

"后座有伞。"池川白说，"当然，如果你想淋雨回去我也不介意。"

"不介意你倒是把门打开啊。"鱼歌朝空气翻了一个白眼，但还是探身去拿后座的伞，"你别想用这点小恩小惠，就抵消你拘留容竣的罪过。"

"鱼歌，你这是无理取闹，"池川白眸色极深不带一丝情绪，他语气冰凉，"你明知道他被拘留并不是我能决定的。"

"是。"鱼歌顽劣地笑一笑拉门撑伞，"那又怎样？"

就算不是你的原因又怎样？这影响我怪你吗？

一点也不，一点也不。

第七章 ——

池川白啊池川白，没想
到你也有以权谋私的一
天。

1.

"……你知道我从来都不会怪你的。"女主角泪眼蒙眬地望着
男主角，只差没把自己的心掏出来，让他看看有多真。

男主角一脸动容，深情地抱住女主角说："对不起，我以后不
会再让你受委屈了。"

……

鱼歌正看得津津有味，池川白一把夺过遥控器，干脆利落地换台。

"偶像剧有什么好看的。"

鱼歌眼巴巴看着池川白换到了中央一台，不甘心地说："《今
日说法》还没到点呢，你再让我看会儿呗，反正你又不看电视。"

池川白不为所动："要看自己回家看。"

鱼歌朝天翻一个白眼，只好趁着广告的空当趴过去看池川白写

字。池川白的字迹非常好看，再加上成绩优秀，班上老师经常会给他布置一些额外作业。

"川白你为什么不去房间里写啊？电视机的声音不会吵到你吗？"鱼歌问。

池川白动作一滞，而后淡淡地说："房间里太热。"

"房间里不是有空调吗？"

池川白微恼："你哪儿来这么多问题？"

鱼歌可怜巴巴地说："你不让我看电视那我只能来找你说话咯。"

池川白拧起眉头，重新将遥控器丢给鱼歌："安静一点。"

脾气真大！发作起来也莫名其妙的！鱼歌在心底默默吐槽，但还是开开心心接过遥控器，转台继续看她的偶像剧。

看着看着，她又忍不住和池川白讨论起剧情来："川白，你看这女的也太犯贱了吧？这男的都出轨了居然还选择原谅他，换作是我简直不能忍！哎，川白，要是我做了什么对不起你的事，你会不会选择原谅我？"

"不会。"他想也不想就给出了答案。

鱼歌急了，瞪大眼睛说："这时候你不是该说'傻瓜，别胡思乱想了，不管你做什么我都会原谅你'的吗？"

池川白静了半晌，又重新从鱼歌手中夺回遥控器换台："少看这些无聊的剧，影响智商。"

鱼歌不服气，又问："那如果你做了对不起我的事呢？"

"什么？"

"比如让别的女生也来你家，比如你不打招呼就突然放弃考警校，丢下我孤零零一个人，比如……"鱼歌举出一大堆例子。

这些个"比如"其实很可笑。即使真的发生了，也算不上是池川白对不起鱼歌，鱼歌已经做好了被他嘲笑的准备。

池川白握笔的动作顿了顿，他好像真的仔细思考了一下这个问题，然后才慢慢说："如果我对不起你，那你也不必再原谅我。"

……

所以……

我不是怪你拘留了容竣，这只是一个借口，一个光明正大责怪你的借口，你明白吗？我只是怪你明明不在乎我却许下虚无的承诺，你知道这对当时的我而言是多大的惊喜吗？你这样子耍人很好玩吗？

或许我的不告而别的确很伤人，或许我的一厢情愿的确让你感到困扰，但你的所作所为也没好到哪儿去吧？

不是吗？

那是在我无比绝望的时候压倒我的最后一根稻草。

你明白吗？

2.

离那起凶杀案已经过去两天了，海狮馆现在已经重新开始接待游客了。员工们好像并没有受到丝毫的影响，整体氛围反而轻松了许多。因为这几天有新的人员流动，所以鱼歌的出现并没有遭到阻拦。

新来的驯养员主管是个很和善的中年女人，大家都与她相处得很愉快。

除了林芝漪。

林芝漪并不愿意出来表演，也不愿意让闹闹出来表演。

这些都是阿甜告诉她的。

鱼歌在海狮馆费了好一番工夫才找到林芝漪，这也多亏了阿甜的指引。

阿甜的脸色比之前见面要红润许多，她羞涩地对鱼歌笑："芝漪姐可是我们馆里最棒的驯养员呢，她技术特别好，也讨动物们喜欢，闹闹之前就是在她的训练下变成馆里大明星的呢。"

鱼歌第一眼看到林芝漪时，却根本无法将眼前的她，和阿甜口中那个优秀闪亮的驯养员联系到一起。她的脸泛着病态的白，神情有些恍惚。这么热的天气她穿着长袖的驯养员外套，依然显得非常瘦弱，和身旁的海狮对比起来尤为娇小。

林芝漪听到脚步声回头，讶异地望向鱼歌，有些不明白怎么会有陌生人到内部人员才能进的驯养室来。但她很快又释然，向鱼歌招手："你过来吧。"

"你是新来的驯养员吧？我先向你介绍一下这只海狮吧。"她非常温柔地抚摸着海狮的头，像对待自己的孩子一样。

"不好意思，我不是新来的驯养员。"鱼歌说。

"那你是……"

"我是警察。"鱼歌脸不红心不跳地撒谎。

林芝漪急忙站起来，手足无措地把手套摘下来，眼神躲闪："哦……是案件有什么进展吗？杀害我丈夫的凶手……是不是抓到了？"

鱼歌摆摆手："暂时还没有。"

　　"这样啊……"林芝漪的表情渐渐镇定下来。

　　鱼歌接着说："我这次过来是想再次了解一下……"

　　林芝漪打断她，有些警惕："之前问询我的警官都是穿警服的，您……方便看下您的警官证吗？"

　　……

　　凭一己之力搜集线索，似乎比预想中的要困难得多。鱼歌若有所思地走出来。

　　林芝漪一瞬的慌张被鱼歌看在眼里，而且她的状态明显不像一个刚刚失去丈夫的女人。可惜没机会试探出什么来，鱼歌有几分挫败感。

　　阿甜安慰她："芝漪姐最近精神不太好，对我们大家都防备得紧。你别介意啊。她刚刚流产失去了孩子，现在又失去了丈夫……身体也更差了，她现在都不打算在馆里继续干了呢，估计这两天就要走了。这不，她正在招聘新的驯养员接替她。"

　　鱼歌随口问："她怎么不要你们接替她当闹闹的驯养员，反而要招新人？新人不是更难熟悉吗？"

　　阿甜瘪瘪嘴："谁知道呢……可能是她不信任我们吧，毕竟她一直把闹闹当成自己的孩子看待。"

　　"那她产假期间是谁在带闹闹？"

　　"是我。"顿了顿，阿甜又补充一句，"是我们几个平常任务量轻的人轮流负责带它。"

　　"这样啊。"鱼歌思忖着点点头。

阿甜走后，鱼歌折返又去找林芝漪。

听到阿甜那番话，她脑海里突然闪过些什么，可惜的是并没有抓住。

林芝漪果然还在那里，她疲惫地看一眼鱼歌，叹口气："小姐你怎么又来了？请不要冒充警察追问我问题了。"

鱼歌说："你别误会，我只是来看看闹闹，我以前看过它的表演，特别喜欢它。"

林芝漪还是有些怀疑，但因为提到闹闹，她明显松了口："那你过来吧……闹闹最近精神状态很不好，"她低头心疼地望着在水里的海狮，"也不知道什么时候能好起来……来，闹闹过来。"

林芝漪做了一个手势，闹闹飞快地上了岸。

鱼歌蹲下来，仔细盯着闹闹看，这才看到闹闹的身上果真有好几道不明显的伤痕，凝固的血液形成的深色伤痕隐藏在它的皮肤里。

鱼歌试探地问："是谁伤害了它吗？它好可怜的样子……"

林芝漪在听到这句话后，眼睛里迸发出恨意，情绪激动起来："还不是那个姓孙的！他、他一直看不惯闹闹……"

说到一半，林芝漪自觉失言，声音低下来，讷讷顿住。

鱼歌看她一眼，状似无意地说："我听外头的驯养员说闹闹很温顺，大家都很喜欢它。孙师傅怎么会看不惯它？一定是误会吧？"

"什么误会？"林芝漪终于忍不住反驳，"你懂什么？他以前被闹闹咬伤过，落下了病根，一直埋怨在心，不仅想方设法加重它的工作量，还、还虐打了它。"她停下来，呼吸渐粗，手中抚弄的动作却越发温柔，"他哪里懂得动物的感受？"

鱼歌不再说话，垂着眼静静地盯着闹闹身上的伤口。

她心底冒出一个隐隐约约的推测。

3.

鱼歌返回爸爸家时，天色已经完全暗下来了，她打开所有的灯，再打开电视机，让里头热闹的声音充斥着整间屋子后，独自在沙发上静坐思考了一会儿，才起身去厨房给自己准备晚餐。

刚淘好米，门外就传来门铃声。

她跑出去开门，门外赫然是池川白。

池川白也不明白自己为什么会突然去调查鱼歌家的具体住址。

鱼姓的人非常少见，没一会儿就查到了。

小区门口的保安小心翼翼地问他："警官同志，这家人是犯了什么事吗？"

池川白愣了愣才答："没有。"

那保安明显松了口气，拍着胸脯自我安抚说："那就好，那就好。嗨！我这还是第一次被警察同志问话呢，还以为我们小区最近不太平……要真出什么事，我不就得被扣工资了吗……"

池川白移开视线不再说话。

池川白啊池川白，没想到你也有以权谋私的一天。

你居然会借自己的警察身份，去探听与破案完全不相干的事情。

明明这个案子不归你管，明明已经强硬地拒绝了鱼歌少见的示弱。

是因为鱼歌对容竣的过分担忧和紧张？又或者是因为那本薄薄

的早已泛黄的卷宗?

池川白在鱼歌脸色陡然一变，正欲关门之际，把手中的资料递到鱼歌眼前。

"你可能会需要它。"池川白淡淡地说。

池川白带给她的是一份尸检报告的复印件，上面写着死者孙师傅的小腹被利器近距离贯穿，失血过多当场丧命，但案发现场空调温度过低，影响了对死亡时间的判断，大致时间是下午三点到四点。

真奇怪，这么长时间居然都没有人寻找他，也没有人走进会议室发现他的尸体，这明显不合常理。

但她此刻却在思考另一个问题，那就是：闹闹身上的伤痕真的是孙师傅殴打的吗？

池川白静默地坐在沙发上，外套随意地放在旁边，他似乎有些热，单手解开了领口的扣子，露出一截精致的锁骨。

电视机里暖色的光投在池川白身上，柔和了他冰冷的轮廓，柔和了他冰冷的唇线。

鱼歌收回目光，跑去厨房的冰箱给他拿了瓶冰水喝。

"喏，算是感谢你这次的帮助。"鱼歌僵硬地把水递给他。

这一幕像极了当初在池川白家中，池川白给鱼歌递柠檬水，只是现在双方角色互换了。

池川白显然也想到了，他无言地抬眼看她，接过水。冰凉的手指擦过她的手背，鱼歌快速地缩回了手。

"怎么样，辛苦吗？"池川白问。

鱼歌一愣，意识到他是在问案子的事。她吐口气自嘲地笑一笑，语气缓和了许多："比想象当中要难多了，果然还是你们警察这个身份比较震慑人，随便问问就都说出来了。"

池川白嘴角也弯了弯："以普通人的身份去调查当然不简单。"他目光转向尸检报告，"看完之后你有什么想法？"

"凶手一定是和死者关系很亲密的人，凶手完全不被死者所防备，可以近距离接近死者，然后一击致命。不管从什么角度分析，都是林芝漪的嫌疑最大，我最想不通的是，那把带血的手术刀为什么会出现在容竣那里，是为了诬陷他吗？凶手完全可以把刀藏在更好更隐蔽的地方。"鱼歌蹙眉思索道。

池川白点头。

"容竣并没有动机不是吗，其实你也不相信他是凶手吧？"

池川白仰头喝一口水，并不作答。

气氛难得缓和下来，他并不想和鱼歌谈论那个男人。

"你还记得陈以期吗？"池川白突然说。

鱼歌有些诧异池川白的突然叙旧，她斟酌着答："当然记得，他还蹭过我无数次早餐不是吗？有机会得找他还回来才行。"

鱼歌毫不在意地谈论起以前的事情，反而让池川白脸色一沉，他顿了顿才接着说："那小子现在继承了父亲的公司，干得风生水起，咱们是该好好敲他一笔。"

鱼歌一愣，没想到身为警察的池川白会说出这番话。

她紧绷的情绪一点点放松，盘腿坐在地毯上笑起来："你这么说我倒是想起来了，他还有一次身上钱被偷了，不敢问家里要，借着你的名义向我借了半个月的生活费，到现在都没还！害我那段时间天天吃包子，都吃腻味了。"

池川白声音极低地说了一句话，但电视机正在播放的综艺节目传出的笑声太大，鱼歌没听清楚。

"你说什么？"

"上次他还跟我聊起过你。"池川白垂眼看着手中的水瓶，漫不经心地有一下没一下摩挲。

"哦？"鱼歌兴致盎然地看着他，"他是不是又在你面前说我坏话了？他以前可经常干这种事情。"

池川白抬眼定定地看着她答："他说好久不见，他很想你。"

鱼歌心头一震，别开眼笑了笑随口说："啊是吗，我也挺想他的。"

……

遥远的某栋高楼里，陈以期打了个喷嚏，他揉揉鼻子喃喃自语："大晚上的是谁在说老子坏话？"

4.

池川白从鱼歌家离开后，驱车返回了省公安局。

小吴正好端着一大碗麻辣烫蹲在门口大快朵颐，看到池川白走过来，小吴愉快地跟他打招呼："池警官今晚又加班吗？"

池川白双手插兜经过他身边："嗯。"

小吴一脸敬佩，觉得手里的麻辣烫都比平时香了许多："池警官真敬业啊……手头上没有案子还每天加班。"

"章警官在办公室吗？"

"在的在的，她正在忙那起海狮馆凶杀案呢。"

直到池川白走进去了，小吴才回过味来，池警官今晚怎么看起来一副心情很好的样子？脸上还带着微笑？我没看错吧？这真的是平日里冷面无情的池警官吗……

唉，我们这种凡夫俗子真是摸不透池警官的心思啊……

这次的海狮馆凶杀案，是池川白和章见叶第一次不以搭档的形式共同侦破案件，章见叶明显有些无所适从。

在以往的案件中，很多关键的线索都是池川白一眼看破，这才剥丝抽茧般渐渐明晰。

对，自己早已经习惯了他。

她烦闷地把几个嫌疑人的口供反复听，试图从其中找出漏洞。

但什么也没有发现，所有人都说自己不知情。

"如果说谎的人多了，就成了众口铄金。那么耳听就不一定为实，因为他们会互相包庇。"池川白走进来看向章见叶，语气淡淡地说，"我们今晚去一趟海狮馆员工宿舍。"

章见叶隐约猜出，池川白为什么最初不想参与这个案子，现在又临时改变主意。

但她此刻并不想考虑这个，她不在乎。

她满心欢喜地站起来，抿着嘴唇答："好。"

然后匆匆收拾好东西，随着池川白走出了办公室。

"如果有一天你被蛇咬了，那么你会不会下次一看到蛇就去打它，以此泄愤？"鱼歌一边问一边敲着电脑键盘。

钟微微有些疑惑："当然不会啊，我躲都躲不及怎么还会去主动招惹它？有句俗语叫'一朝被蛇咬十年怕井绳'你不知道吗？鱼歌你在锦和市干了些什么呢……怎么问这么奇怪的问题？"

"只是打个比方而已。"鱼歌笑着岔开话题。

对，孙师傅曾有过被咬伤的经历，又怎么会冒险再度激怒海狮呢？

鱼歌随口调侃钟微微："你玩得怎么样？还开心吗，有没有遇到人生的真爱呀？如果遇到的话，记得开学的时候把他带回来给我们瞧一瞧。"

"啊，说起来昨天有个超级帅的外国友人跟我搭讪来着，真的超级帅……"

……

鱼歌挂掉电话时，电脑页面正好停在了一张海狮馆表演的照片上，是锦和市本地的新闻，而且是凶杀案当天刊登的。

新闻标题用大大的黑色字体写着"锦和海洋世界海狮馆大明星闹闹受众人追捧"，照片上和闹闹挨在一起的身穿蓝色工作服的驯养员微笑着，面容无比清晰，赫然就是阿甜。

同一时刻的海狮馆里，阿甜猛地从梦境中惊醒，她一骨碌从椅子上坐起来，惶惶不安地捂住胸口。

一旁的驯养员不耐烦地皱起眉头："阿甜你怎么又睡着了，现在是工作时间知不知道？"

阿甜怯生生地点头："对不起对不起，昨晚失眠了没休息好。"

她一边走一边晃着脑袋逼迫自己忘掉那些难堪的梦境和回忆……

"阿甜！阿甜？孙师傅喊你去会议室一趟！"一个平常比较熟悉的驯养员隔着老远就大喊。

"什么事呀……这么急？"阿甜把大筐里的鱼倒进篓子里，"现在到午饭的点了，我要去喂食了。"

那个驯养员走过来，冲她挤眉弄眼："芝漪姐不是怀孕休产假去了吗？孙师傅好像想让你暂时接替芝漪姐带闹闹表演，这种机会可不多见，你可要好好把握！"

阿甜的家境并不好，自己孤身一人到锦和市打工很不容易，这个消息对于当时的她而言就像一块从天而降的大馅饼。

"真的啊？"阿甜兴奋地说。

……

但事实并没有那么美好，而是一场可怕的噩梦……

是孙师傅罪恶的眼睛、污秽的话语和四处游动的双手……

……

阿甜抑制住微微发抖的手，手忙脚乱地像往常一样，把大筐里的鱼分别倒进篓子里。她首先去了闹闹的驯养室，林芝漪已经去吃晚饭了，于是她独自一人安静地接近闹闹，一边把鱼远远地丢给它吃，一边自言自语和它说话。

"闹闹……孙师傅死了，你开不开心？"

"你看他都不关心你呢，你身上突然冒出许多伤口他也压根不过问……也是，他都在我身上讨回来了……"

……

直到林芝漪吃完晚饭回来，阿甜才从驯养室走出来。

第八章 ——

你什么时候可以在我面前柔软一点?

1.

省公安局里。

小吴将大摞的资料哼哧哼哧地搬到了池川白的办公室里,边搬边愤愤不平地吐槽:"海狮馆那群员工还真是冷漠啊!明明好几个人都看到死者的尸体了,却迟迟不报警,白白给了那么多时间给凶手处理干净现场!"

经过这两天对会议室门口残留的些许脚印、毛发、指纹等痕迹的分析和第二次口供问询,结果让人心惊:好几个员工都进入了会议室看到了孙师傅的尸体,却视若无睹地离开了。

这看似不是什么大过错,却正是因为他们的冷漠给了凶手很长的时间掩盖犯罪,把部分线索销毁掉。这也从侧面证明了孙师傅其人有多招人恨。

池川白沉默了良久,将手里头把玩的打火机扔进抽屉里,看了一眼日历，起身拿上外套。

"你跟着章警官继续跟进，我出去一趟。"

"哦。"小吴乖觉地点点头。

池川白独自在车里静坐了很久，他有些烦躁地捏一捏眉心，觉得自己此刻的行为有些可笑，随即扭动了车钥匙准备发动车离开。

"池川白？"一个熟悉的声音响起。

"还真是你，你怎么……你在等我？"鱼歌提着两袋包子停在池川白的车窗前，皱着眉表情有些古怪，显然是刚刚从家里走出来，准备出去。

池川白愕然转头，摇下车窗定定看她一眼，这才答："上车。"

"是案子有什么新的进展吗？确定真正的凶手了？"鱼歌边问边指一指附近的一栋房子，"我先过去一趟，等会儿聊。"

池川白远远看着她小步跑到那栋房子前敲门，把手里的其中一袋包子递给了开门的老人，不知道和老人说了些什么俏皮话，逗得那老人开怀大笑。

看到这一幕，池川白冰冷的眉眼一点点温和下来，好似又看到了原来那个温暖体贴的她。

那天是池川白母亲的生日。

他刚刚下课返回家中，就在家里看见了鱼歌的身影，她坐在沙发上和母亲以及其他几个亲戚相谈甚欢。

母亲听见动静探过头来，嗔怪地对池川白说："川白，有朋友过来你怎么也不打声招呼？"

　　鱼歌调皮地在母亲的背后冲他挤眉弄眼。

　　池川白哑口无言。

　　鱼歌懂事地对母亲说："阿姨，川白这不是为了给您个惊喜吗？他自己不好意思，特意喊我送礼物给您，让我陪您过生日呢。"

　　鱼歌的甜言蜜语把母亲哄得眉开眼笑，直呼为什么自己没有这样一个贴心的女儿。

　　而这些举动，是内敛的池川白从没有对母亲做过的。

　　事后池川白无奈地说："你这个人怎么这么无赖，我什么时候喊你过来了？"

　　鱼歌的眼睛笑得弯起来，"哎，池川白你够不够意思？我这么帮你你还不感谢我？！"

　　第二年母亲生日的时候，鱼歌早已经离开了。在池川白的安排下，酒店里来庆生的客人很多，非常热闹。

　　觥筹交错间，母亲突然有意无意地问起："去年陪我过生日的那个姑娘，怎么好久没来了？"

　　池川白敬酒的动作顿了顿，说："您怎么还记得她？"

　　母亲笑着说："那小姑娘人挺好，热情又大方。"

　　池川白捏起酒杯轻轻晃了晃："她不会再来了。"

　　"怎么了？你和她闹别扭了吗？你把人家气走了？"

　　池川白不再作声，闭眼仰头将杯中的酒饮尽。

　　热闹的碰杯声衬得内心的空虚越来越大。

　　她就是有这种力量，她可以给人欢乐，也可以毫不留情地刺痛人心脏。

　　"喏，还没吃早餐吧？"鱼歌把另一袋包子递到池川白面前，语气有些生硬和不自然，"这一份是多余的……给你吧。"

　　"谢谢。"池川白顿了顿，接过包子。

　　包子还是温热的，他捏了捏就随手将其放在了后座，然后漫不经心地问："刚才那位是？"

　　"哦，那个老奶奶啊，她是住在附近的邻居，当初我和我爸搬过来的时候，她帮了我们很多，所以想尽可能地回报她一些。"鱼歌语速飞快，"所以你找我有什么事？"

　　池川白怎么会听不出她语气里的刻意疏离，淡淡地说："没事就不能找你吗？"

　　鱼歌愣住，抿了抿唇下意识地想讽刺他一句却又忍住，眼里闪过一丝复杂情绪："有什么事就直说吧，没必要拐弯抹角。"

　　池川白不动声色地望着前方："这么早出门，你要去哪里，我送你。"

　　2.

　　鱼歌愣了半晌才指引着池川白驱车到了一个墓地，路程遥远又偏僻。

　　在去的途中，她还到花店里精心选了一束花，然后就不再说话，捧着花沉默地望着窗外。

　　7月15日，鱼歌母亲的忌日，也是她和父亲一块离开家乡的前一天，更是周遭生活发生翻天覆地变化的那个可怕日子。

　　鱼歌把花放在墓碑前，没什么表情地望着墓碑上的照片发了会儿呆，旋即笑起来，偏头看向立在一旁的池川白："池川白你看，这是我妈。你这是第一次看见她吧？是不是和我很像？哎……其实我妈比我漂亮多了。以前每次我妈带我出去，别人总是说'如杉呀，又带亲戚家小孩出来玩呀'，哈哈哈哈，是不是很好笑？"

　　"鱼歌。"池川白眸中晦暗不明。

　　"好了。"鱼歌镇定自若地笑一笑站起来，拍掉身上的灰尘，"我没什么话要跟她说了，我们走吧。"

　　池川白拦在鱼歌身前："等一下。"他弯下腰将吹落在墓碑前的几片叶子一一捡了起来，丢进了不远处的垃圾桶里。

　　鱼歌垂下眼睫，默默看着他的动作冷笑一声："不用做这些，人都死了做这些有什么用？"

　　池川白静静看着她："其实你不用这么逞强。"

　　鱼歌冷笑一声，转身抬步就走："你又在胡说八道了池川白，谁逞强了？你别以为提供线索给我就可以理所当然地干涉我的生活，对我指指点点了！关你什么事啊？我们之间除了这起案子外，没什么好聊的吧？"她舒一口气，"我早就不难过了，早就不想她了，我们都该接受现状不是吗？"

　　"我不接受现状。"池川白说。

　　我也想过要接受这该死的现状，也确如此做了。虽然过得乏味，但也渐渐适应。

　　但是，鱼歌，你告诉我，你为什么又要三番五次出现，介入我的生活将它通通搅乱？

"嗬……谁管你接不接受？你接不接受关我什么事？"鱼歌寒声道，她脚步匆匆却被一股力量猛地逼停，反应过来时手指已经被人紧紧握住。

"好了。"池川白说，声音带着一丝柔软和心疼，好像是在试图安慰她，"你母亲要是知道你来看她了，一定会很高兴。"

鱼歌觉得这话有些搞笑，合着自己前几年没来看，妈妈就不高兴了是吗？她的眼眶不觉地开始泛酸，她下意识别开脸，甩开池川白的手："你闭嘴，不要跟我说这些有的没的！我不想再跟你吵……"话还没说完就被突如其来的拥抱给截住。

她瞬间全身僵硬，连呼吸都停住了。

"你什么时候可以在我面前柔软一点？"池川白说，他的声音一寸一寸压低。

你知不知道我会心疼，会后悔，后悔当时没有了解你的处境，没来得及安慰你一句，就自私地埋怨你的离开。

你什么时候可以在我面前柔软一点？不要这么倔强，不要像一只刺猬一样，用尖酸刻薄的话语武装自己，用笑容来掩饰悲戚？

"你知不知道你笑得很难看？"池川白轻声说，"想哭的话我可以装作没看见。"

鱼歌愣住，一时间不知道该怎么回复他，印象中他从没有这么体贴关心过自己，强烈的酸涩感逼得她的眼睛通红一片，不知道是因为好久不见的妈妈，还是因为池川白突然的温柔。

她拼命睁大眼睛，克制着眼眶里打转的泪水不要掉出来。

她的目光遥遥望向妈妈的墓碑，隔得太远，照片上的人脸已经看不清了。

她突然就回想起见到妈妈的最后一幕，那时候危险还没有发生，自己像往常一样出门，而妈妈照样微笑着柔声叮嘱她："注意安全，早点回家。为了庆祝你拿到梦寐以求的警校面试通知，今天晚上妈妈给你做你最爱吃的水煮牛肉哟。"

音容笑貌犹在耳畔和眼前。

想到这里，她的眼泪一下子掉了下来。

3.

在返程途中，鱼歌已经平静下来。她没有解释任何关于自己母亲的事，池川白也没有问她。

气氛诡异而凝重。

"林芝漪已经被抓捕了，容竣解除了暂时拘留，你可以放心了。"池川白挂掉电话后淡淡地说。

"林芝漪一直遭受死者家暴，流产后身体虚弱还被死者强制要求即刻复工，再加上复工后听闻那只海狮遭到死者的虐打，种种事件累积，被仇恨驱使杀死了死者。"

鱼歌愣神半晌才问："那么那把刀是怎么回事？"

池川白说："要等审讯结果。"

鱼歌沉默地点点头，直到下了车她才轻轻说一声："谢谢你，池川白。"

声音疲倦而诚恳，带着不可言喻的距离感。

池川白定定地看了她好几秒才收回目光。

　　"不必客气。"

　　池川白返回省公安局，刚刚将车停好，小吴就兴冲冲地跑过来邀功，他已经盯着窗外等了好一会儿了。

　　"池警官池警官，这次的案子可是我帮着章警官一起破掉的，好不容易才找到关键线索，是不是对我刮目相看了……哎，后座怎么有包子吃？是给我们带的吗，正好饿了……怎么是冷的啊？"

　　他兴高采烈地打开后座把那袋包子拎出来。

　　还没来得及塞进嘴里，池川白已经轻巧地将那袋包子夺了回来，语气淡淡地说："这不是给你们的。"

　　小吴呆滞："池警官你不是从不吃包子的吗？"

　　手中的包子早已经冰凉，像一块坚硬的石头，但他握得更紧了些："我只吃一家的而已。"

　　小吴更迷惑了，他挠挠头看着池川白的背影自言自语："那你之前怎么不去买来吃？"

　　不久后，鱼歌又去了一趟海狮馆。

　　闹闹的驯养员换成了一个温和的男人，只是它身上的伤依然没有好转，不知道是因为这段时间没有容竣的医治还是因为……它又遭到了虐打。

　　在闹闹休养的这段时间内，馆内培养了新的明星海狮，此刻，鱼歌正约着阿甜在看新的海狮表演。

　　"我就知道容医生肯定是清白的。"阿甜笑着说。

　　"是，只是没想到林芝漪会干出这种事，她看起来柔柔弱弱的。"

阿甜一顿，脸上闪过一丝慌乱，但又极快地掩饰住："可能是因为孙师傅对她不好吧。"

鱼歌说："我之前听林芝漪说，是你告诉她孙师傅殴打了闹闹是吗？"

阿甜怔住。

鱼歌又接着说："我之后问了其他一些员工，他们说孙师傅从来不接近海狮，其实闹闹身上的伤是你殴打的吧？你完全可以闭口不谈，却告诉她是孙师傅打的，是因为你知道林芝漪对孙师傅有恨对吗？你激发了她的恨意，或者说……你唆使了她，因为你恨孙师傅。"

阿甜脸涨得通红，身体微微发抖，她揪住自己的衣角讷讷开口问："你为什么这么说？"

对面表演的海狮轻松地顶起一个球，赢得了满堂喝彩，鱼歌笑一笑，也跟着鼓掌："你不用紧张，我只是猜测而已，而且你也没做出什么实质上的伤害。"

她当然不能告诉阿甜，自己已经从池川白口中得知，海狮馆的员工大多已经知道了阿甜被强暴这件事。

阿甜紧紧咬着下嘴唇，眼里的泪水汹涌而出。

她拼命掩饰住的防线被彻底击溃。

阿甜恨孙师傅，恨他强行占有了自己，恨他威胁自己保持缄默。

但她一点办法也没有，只能把自己的所有恨化为一道道伤口，发泄在海狮闹闹的身上。直到林芝漪突然复工，她才突然意识到林芝漪对孙师傅的恨更盛，海狮馆里的人全都知道孙师傅家暴林芝漪，而林芝漪看似逆来顺受的样子，实则早已接近崩溃。她借着林芝漪对闹闹的喜爱，将它身上的伤痕推到孙师傅身上，还添油加醋地挑拨了一番，林芝漪果然急火攻心杀死了孙师傅。

"我没想到她会气急败坏地迁怒到容医生身上，责怪他迟迟没有医治好闹闹，把他也牵扯进来……"阿甜哽咽着说，"是我、是我对不起容医生。"

对阿甜而言，此刻说出一切真相又何尝不是一种解脱。

鱼歌没有再多说什么，阿甜、林芝漪都有各自的可怜和可恨之处，但最让她心寒的是海狮馆其他员工的漠视和隐瞒。

这是孙师傅长期压迫的产物，又何尝不是他们内心深处隐藏的黑暗面呢？

或许，这种沉默才是逼人崩溃的导火索吧。

第九章 ——

我一点也不喜欢你了，
你听明白了吗池川白？

1.

池川白立在海狮馆门口等。

他身姿挺拔，容貌俊朗，很是吸引了一些目光。他一看见鱼歌出来，就颔首示意旁边几个便衣走进去。

他将手里的打火机塞进兜里，定定地望着鱼歌走近。

"聊得怎么样？"池川白问。

"还行吧。"

她瞥见了池川白的动作，随口问他："怎么老见你拿个打火机？"

池川白望着不远处的香樟树，抿唇淡淡地说："克制烟瘾。"

染上烟瘾的理由很简单。

最初到省公安局的那几年工作压力大，局长要求极高的破案率，所以池川白每天过着黑白颠倒的日子。渐渐地，池川白便跟着几个老烟枪刑警开始抽烟，以缓解压力。他时常把自己的办公室弄得乌烟瘴气，章见叶埋怨了好几次，他也毫不在乎。

戒烟的理由更简单。

他自那次在清衡中学看到鱼歌起，就不自觉地开始克制自己对香烟的冲动。心里还没完全适应再度见到她的冲击，行为上却已经依着她的喜好了。

鱼歌闻不得烟味。

高中那会儿，每次放学途中经过那些肆无忌惮抽烟的路人，鱼歌总要捂着鼻子抱怨："他们有没有公德心啊？味道那么难闻！池川白我告诉你，你以后千万千万不要抽烟！要是你抽烟的话，我就再也不喜欢你了！"

……

鱼歌微怔，显然也想起了这回事。她心头更觉烦闷，索性闭口不再继续说这个话题。

池川白今天并没有开车，也没有穿警服。简单的浅色 T 恤反而柔和了他冷峻的气质，让鱼歌不由自主回想起他高中时的样子，回想起那段肆意张扬、无忧无虑的日子。

她隐隐感觉到池川白态度的转变，但她却有些摸不准导致池川白转变的原因。

不管事实如何，她都无法说服自己理所当然地接受这份示好，或者放下一切继续喜欢他。对，她承认，这么久过去了，她依旧喜欢池川白。

　　但那又怎样呢？心里还是有埋怨，还是放不下委屈的，更何况那份悲伤难过和妈妈的死紧紧联系在一起。

　　她暗自责怪池川白，也暗自责怪自己。

　　她已经无法分清。

　　"你饿不饿？想吃点什么？"池川白问，"锦和市有几家还不错的餐厅。"

　　鱼歌答非所问："你这几年有回过鹭溪县吗？"

　　池川白眸中闪过一丝阴郁，好似已经猜到了她这么问的原因。他淡淡地说："那里是我的家乡，我自然有回去。"

　　"是，那就是了。"鱼歌说，"那里是你的家，所以你才会回去。而那里已经不再是我的家，我已经不属于那里了。曾在那里发生的种种不好的事情我也不想再谈，我们都该过上新的生活不是吗？你理解我的意思对吧？"她一字一句咬字清晰，说得轻快又散漫，仿佛这样就能减轻字里行间的沉重和拒绝。

　　池川白不理她，径自扯过她的手臂往自己这边拉："有车子经过，你走路小心点。"

　　鱼歌心头一震，一丝酸楚缠绕上她的心头，她咬牙甩开池川白的手："你有没有听明白？我说你没必要再联系我，更没必要在这里等我，我很感谢你帮助我洗脱了容竣的嫌疑，但除此之外我们一点关系也没有了！"

　　"我不是为了容竣。"池川白说。

　　"难道你是为了我吗？池川白你别开玩笑了！你以为我不知道吗？你压根不喜欢我，也没有把之前说要一起考警校的承诺当真过，我已经放下了，为什么你还要纠缠不清？"

"鱼歌，"池川白打断她，他目光沉沉夹杂着无数复杂的情绪，"我知道自己在做什么，我选择了不再逃避。可你呢，你明白自己的心意吗？你敢正视它吗？"

"我当然明白！那就是我不再喜欢你了，我一点也不喜欢你了，你听明白了吗，池川白？你何必这么自大？"她眼睛扫到不远处吞云吐雾的路人，像是找到了一个突破口一样指着那人，"池川白你也吸烟不是吗？你忘了我当初说过什么吗？我最讨厌吸烟的人。"

池川白的神色在鱼歌倔强的表情中渐渐沉寂下来。

"我明白了。"池川白蓦然冷笑一声，这种蹩脚的借口都慌不择路地拿来用。

他转身走向那位吞云吐雾的路人，向他借了一支烟，远远当着鱼歌的面点上，再深深吸了一口。

烟雾缭绕中，他眉目深沉地望鱼歌一眼，嘴角勾起一个讽刺的弧度，径直离开。

他在下一个拐角处，冷着脸将手中的烟头狠狠丢掉，鞋底与地面摩擦出刺耳的声音。

2.

时间过得很快，距容竣从拘留所出来已经过去很久了。他返回银星市时，鱼歌去机场送他。

"闹闹的伤已经痊愈了是吗？"鱼歌问。

容竣笑："是，不然海洋馆那边怎么肯放人？"他望了望天色，目光悠远，"你不跟我一起回银星市吗？假期可没多久了。"

鱼歌眼珠子转了转："我这次来锦和就是为了见我爸啊，人都没见着就走那岂不是白来了？我可不做这么亏本的事！"

容竣笑容淡了淡，不再多说："好，那我在银星市等你。"

待容竣走后，鱼歌去超市买了水果和食材就返回了家中。

刚一踏进前院，就看见家门口车库边停了一辆名贵的黑色轿车。

鱼歌心头一紧，冷汗都冒了出来，尚未来得及整理好思绪，就已经下意识地掏出钥匙打开了门。

"爸爸？"鱼歌冲里头试探地喊。

等了没一会儿，里头果然走出一个清隽严肃的中年男人，看到鱼歌他并没有太大情绪，甚至连嘴角边的笑容都有些生疏。

"鱼歌过来了啊。"

鱼歌僵着脸应了一声，还不待多说什么，里头又走出一个容貌精致的女人，她保养得极好，看不出年龄，眉眼里极具魅力和风情。

鱼歌顿住脚步，心陡然一沉。

童姣似笑非笑地瞧了鱼歌好几秒，才走过来接她手中的购物袋，长长的指甲如蛇一般亲昵地划过她的掌心："鱼歌是吧，跃凭跟我提过你。我以后叫你小歌怎么样？"她眼睛弯了弯，"前段时间我和跃凭去国外度假了，你一个人在这边还好吧？你这孩子也真是的，过来怎么不跟我们打声招呼？我们也好早些回来。"

她佯装不满地瞥一眼鱼跃凭："都是跃凭信誓旦旦地说没人会过来找他……你这几天在这边住得还习惯吗？不用太拘束，把这里当成自己家就好。"

鱼跃凭的表情柔和下来："这是你童阿姨，或者，"他慢慢地说，"你叫妈妈也行。"

童姣笑起来，她不再作声似乎在等鱼歌的回话。

鱼歌从小到大和爸爸算不上很亲热。

虽然他对妈妈很好，对自己也很好，按时接送自己上下学，还会经常买礼物回来，但另一方面他又极其古板，正常父女间的亲密互动几乎没有，鱼歌也从来都不敢在爸爸面前撒娇，自从妈妈死后，两人的关系更是降到了冰点，联系也更少了。

原本以为爸爸一直在思念过去的同时回避过去，所以她才想到要来陪一陪孤单的爸爸。如今突然冒出一个女人来，她显然没有料到。

"童阿姨，您跟着爸爸叫我鱼歌就好了。"鱼歌露出一个笑脸，"那个童阿姨，这段时间多亏您照顾爸爸了，他在妈妈离开后一直过得不好，害我也一直担心，现在有您在我也就放心多了。哎，说起来，您看起来和我妈妈一样温柔体贴呢。"

说完鱼歌不顾童姣骤然冷却下来的表情，不顾鱼跃凭皱眉沉思的神态，自顾自地走上楼梯："相信您的手艺也和妈妈一样好对不对？"她扭头时将嘴角的弯度控制得刚刚好，"那我就先回房间休息啦。"

鱼歌很后悔。

后来鱼歌告诉池川白，自己当时非常后悔没有跟着容竣一起返回银星市，这样就不会见到不属于她的这甜蜜温馨的一幕。

导致她在面对那个女人的笑脸时，逃也似的离开。

但是，鱼歌又说："只要我爸爸幸福就好。"

池川白慢慢笑起来："你可不像是会说这番话的人。"

鱼歌瞪他一眼。

"怎么着，怎么着？难道我要像个神经病一样歇斯底里地把她赶出去吗？不许她霸占妈妈的位置？"

她当然不能，因为她害怕看到爸爸失望的眼神。

当她把童姣亲手煮的菜夹一筷子放进嘴里时，微微慌乱的内心才镇定下来。

"爸爸，既然已经看到您了，而且您过得也不错……那我过几天就回银星市啦。"鱼歌搁下筷子说。

鱼跃凭淡淡扫她一眼，伸手扶了扶眼镜："工作很忙？"

鱼歌点头："马上快开学了，还有许多功课要提前准备。"

鱼跃凭没有挽留，他点点头说："好。"

当晚，鱼歌陪着鱼跃凭一块去了一趟妈妈的墓地。

鱼跃凭抚摸着妻子的墓碑，常年冰冷的神情松动了一些，他蹲下身子将花束并列摆放在上次鱼歌放置的花束旁。

"如杉……你还好吗？"

此刻的鱼跃凭卸下了公式化的面具，就像一个絮絮叨叨的普通中年男人，他对着沈如杉的照片喃喃自语："我和鱼歌都过得很好，你不要担心……鱼歌很独立，自己一个人也能照顾好自己。她呀，真是和你一模一样，一看到她，我就忍不住想起你……"

鱼歌安慰地拍一拍爸爸的后背。

她的心突然就一片柔软，看到童姣那一刻，心头涌起的所有委屈和潜藏的针锋相对，都在这一秒烟消云散了。

不管是童姣还是别的什么人，只要爸爸过得开心就好不是吗？

相信妈妈也是这么想。

3.

临近月底了，省公安局里的工作越发忙碌。

大案子虽然很少，但小案子却不断，已经到下班的点了，办公室里却还是有许多加班的同事。

"池警官你瞧瞧，变态跟踪案、入室抢劫案、飞车夺包案，这个月的这类案子林林总总加起来都有十多起了！"小吴愁眉苦脸的，"这年头神经病和小偷怎么这么多？"

章见叶推开门走进来打断他的牢骚："好了，小吴，你去忙吧，我和池警官还有事要聊。"

小吴郁郁寡欢地走出去，手里看似轻薄的纸张仿佛又沉重了几分，这些案子看似简单实则最难破，要耗费极大的人力和物力。最终的结果往往是钱没追回来，变态没抓到，负责案件的警察还要被报案人和领导骂得狗血淋头。

最惨的是，小吴负责的就是这类案件。

池川白抬头看她一眼："什么事？"

他正在写手头上一起新案子的分析报告。

　　章见叶撩一撩头发，在心里组织了一下语言才开口："你知道局长新安排的下派任务吗？"

　　池川白神色不变："继续说。"

　　"局长指派我们几个去省里的其他几个小城市协助调查，说是要提高各个分局大大小小案子的破案率，不能只是省公安局一家独大。"她目光在屋内扫了一圈后落在池川白身上，"局长指派我去银星市，只留下你一人在锦和市。"

　　池川白颔首淡淡地答："好。"

　　"你就只想说这个？"章见叶细长的眉毛蹙起来，她的尾音上扬，像是试探像是挑衅，"你难道不想去银星市？！"

　　池川白脸色骤然冷下来，他笔锋流畅地给分析报告结了尾，然后寒声说："章见叶，我的私事什么时候轮到你管了？"

　　这句话语气有些重，章见叶的脸色变了变，但她还是咬紧嘴唇毫不示弱地直视他。

　　她想知道答案。

　　池川白站起身，拿着报告面无表情地绕过章见叶走出门。"我对银星市没有任何想法。"他冷冷地说。

　　章见叶在原地站了会儿，调整好自己的情绪又快走几步追上他，柔下声音："好了好了，川白，我只是开玩笑而已，没别的意思，你别生气……"

　　锦和机场。

　　鱼跃凭公务繁忙，没有时间来送鱼歌，此刻站在鱼歌面前的人毋庸置疑就是童姣。

鱼歌看一看手表，时间还很充裕，但她并没有和童姣闲聊的想法。

"童阿姨，"鱼歌将她手里提的东西接过来，"那我就先进去了，您回去吧，不用送了。"

童姣嘴角一勾，鲜红的嘴唇有些晃眼睛："小歌，其实你犯不着对我有敌意的，我们没有任何的矛盾冲突……至少目前并没有。"

鱼歌也笑一笑："您误会了，我对您没有敌意。爸爸过得开心对我而言比什么都重要，显然，有您在他的确过得开心多了。"

童姣明显被这句恭维打动了，她似笑非笑地瞄一眼鱼歌："那就好……对了，我还有个儿子也在银星市，他性子调皮捣蛋，你要是有时间的话帮我管教管教他。"

鱼歌有些惊讶，童姣看起来不过三十多岁，儿子估计只有十来岁，据爸爸所说，童姣的丈夫几年前英年早逝了，也不知道她怎么忍心把儿子一个人丢在银星市。

她随意地点点头，把耳机戴上："好，您把我电话给他吧，让他有事就打给我。"

第十章 ——

我们毫无关系。

1.

开学已经十多天了，这天下班后，钟微微约鱼歌在学校附近的小餐馆吃饭。

吃完饭走出来散步，钟微微又开始不厌其烦地把自己旅游途中的经历拿出来翻来覆去地说。

"……就这样，我和那个外国大帅哥杰森在一起了，是不是很浪漫？"钟微微甜蜜地说。

"浪漫浪漫。"鱼歌敷衍地回复，"你怎么不带他来银星市？"

钟微微害羞地捂脸："这么快就同居不太好吧。"

鱼歌恨铁不成钢地白她一眼："我是说你可以带他来玩几天啊，顺便带给我们认识一下，银星市虽说是个小城市，但也有挺多值得逛的小景点。"

钟微微脸一红，瘪瘪嘴转移话题："好啦好啦，不说这个了。"

鱼歌松口气。

"说一说你在锦和市的事吧，那边好玩吗？你和你爸爸相处得怎么样啊？"

鱼歌扶额，只好说："还行吧，我爸过得挺好的，根本不需要我担心……"

话还没说完，钟微微就紧张地扯一扯鱼歌的衣服，警惕地四处张望，压低声音说："哎，我怎么总感觉有人在跟踪我们呀。"

鱼歌被她的语气吓了一跳，回头看却什么也没发现。

她们正走在一条小巷子里。

巷子里的路灯虽然有些暗，但也算不上阴森。再加上周围全是居民楼，万一真出点什么意外，吼一嗓子应该也能自保。

鱼歌皱起眉头安慰她："应该是你的错觉，我们快些走吧，绕过这条巷子就到公交站了。"

钟微微拍一拍胸口："以前怎么没发现这条路这么吓人，下次我们还是走大路好了，不要走这些七拐八拐的小巷子了。"

鱼歌哭笑不得地打趣她："所以你不打算再去你喜欢的那家'有家'餐馆吃饭了？你不是最喜欢吃那家吗？"

钟微微呜呜咽咽："饭还是要吃的。"

……

第二天一到办公室，鱼歌就听到钟微微把昨晚疑似被跟踪的这件事拿出来当谈资。

"……还好我们走得快，你们不知道有多吓人！"钟微微说。

周老师也插话说："新闻上不是也有很多这种报道吗？那种变态跟踪狂啊，就喜欢跟着你们这些长得漂亮的独居女性，尾随她们到家里……钟老师你是独居吧？男朋友没在跟前吧？那你可得注意点，下班了就早点回去！不怕一万就怕万一哪！"

钟微微急忙点头应允，一方面觉得后怕，一方面又因周老师那句"漂亮的独居女性"而沾沾自喜。她余光看到鱼歌进来，立马也拿周老师的话叮嘱鱼歌："鱼歌你也是，你家那块这种绕来绕去的小巷子这么多，你千万要当心点。"

鱼歌见她们说得这么严肃，虽觉得有些小题大做，但还是一本正经地点头答应。

2.

省公安局里一下子少了好几位精英，好像突然之间冷清了下来。

小吴长吁短叹："好想念章警官的责骂呀……池警官还好您没走，不然我们局里就只剩我们几个打酱油的了……"

小吴旁边的朱警官截住小吴的话头，低声责怪他："你长没长脑子？没见池警官心情不好？提什么章警官？"他自顾自地得出答案，"肯定是因为章警官去了银星市，留下池警官一个人孤独地在这里，所以他心情郁闷，啧啧啧……"

"是这样吗……"

……

池川白并没有注意那两人的窃窃私语，他目光悠悠地落在窗外，不知道在想些什么。

直到一个声音慌慌张张地传过来打破沉寂。

"池警官，不好了！章警官在银星市调查一起跟踪案时，失去联系了！"一个样貌眼熟的警察气喘吁吁地跑至池川白跟前，"局长叫您赶紧过去一趟！"

度过了开学的忙碌期，好不容易有了点空闲时间，鱼歌约了容竣一块吃晚饭。

两人不可避免地聊起了鱼歌在锦和市的经历。

"早知道我就跟你一块回银星市了，"鱼歌两眼一翻，做出一副无可奈何的表情，"你是不知道我有多尴尬！"

容竣轻笑一声："其实这次能看到你爸爸生活得很好，你内心也是替他高兴的吧。"

鱼歌笑意一敛，撇撇嘴："你干吗说穿嘛。"想了想她又点点头，"虽然那个女人看起来不是很友善，但只要她对爸爸好，爸爸也喜欢她，那么我也没什么好阻止的，毕竟妈妈已经去世很久了。"

"所以你没有必要掩饰你的善意啊。"容竣说，"为什么不让大家看到你温柔的一面呢？"

鱼歌一愣，不服气地反驳："我没有……"顿了顿，她又忍不住笑起来，"好吧，我对她说话的语气是挺糟糕的。"

容竣笑意更浓。

"天色不早了，我送你回家吧。"

池川白在当天下午搭乘最近的航班赶到了银星市，他从交接的警察手里拿到了章见叶之前调查获得的所有资料。

其实是一个很简单的案子，有三四名女性报警声称遭到变态跟踪，通过她们对该人的描述，很快就确定是同一人所为。但该人并没有实际动作，只是不远不近地跟在报警人身后，意图尚未明晰。

这种没有实质性伤害的案子一般都会被暂时搁置在一旁，率先处理紧急的案子，银星市最近正好有一起恶性杀人案，大家正忙得焦头烂额。但不知什么原因，章见叶居然独自开始调查这起跟踪案来。

她在搜集到部分线索后，跟刘副局长打了声招呼就喊上几个警察一起出去了。

"现在正是调查恶性杀人案的紧要关头，可章警官居然为这么一起小案子调人手。"银星市公安分局的刘副局长还是有些愤懑，要不是因为章警官是省里来的人物，自己也不至于这么任她行事，"这起恶性杀人案闹得沸沸扬扬，民怨很重，对比起来所谓的跟踪案根本算不得什么啊！"

"好了。"池川白合上资料，神色淡淡，"章警官已经失去联系了，现在没有必要再说这些没有意义的事情了。"

"和她一起出警的人在哪里？"池川白问。

"去去去，叫他们几个过来一趟。"刘副局长说。

3.

容竣将鱼歌一直送到了家门口，还细心叮嘱她："最近市里不太安全，你要小心些。"

鱼歌扑哧笑出声，打趣他："容医生，你已经非常负责了，都送到家门口了，坏人已经没有可乘之机了。"她利落地打开车门出去，"好了，再见。"

容竣嘴角弯了弯："鱼歌，晚安。"他温柔地说。

鱼歌住的地方是一个十层高的电梯房，算不上很新，却很干净。住在这里的居民都是本地人，且大多从事教育类工作。因为离清衡中学不算特别远，所以鱼歌偶尔也能和几个面熟的同校老师打个照面。

这几天电梯坏了，物业也不知道怎么回事，一直没有安排人来修，鱼歌住的恰好就是十楼，没有法子，只好老老实实爬楼梯。

爬着爬着鱼歌就觉出问题来，身后一直有人不紧不慢地跟在她后面爬，跟她隔着一个转弯的距离。

也不知道是高楼层的居民还是别的什么人？

她突然想起钟微微的那番叮嘱，吓得冷汗都冒了出来。

鱼歌停下脚步，装作是爬累了休息的样子。

身后那个人果然也停住了脚步，弯腰开始系鞋带。

鱼歌彻底明白了，那人就是冲着自己来的。她再怎么胆大，也不觉得自己可以赤手空拳对付一个身材比她高大的男人。

她默不作声地捏住手机发了条短信出去，情急之下也没仔细看收件人是谁。然后她稳定下情绪细细打量周遭，这栋楼的隔音效果不是很好，动静大的话隔壁的居民肯定也能听见。如果自己不作为，任由他跟到家门口肯定更加危险。

她打定主意，转身大声呵斥那人："你是谁？跟着我做什么？"

那人顿了顿，慢慢仰起头来，露出兜帽下一张清秀的脸。

"姐姐，是我。"他的嘴角上扬。

任鱼歌做梦也不会想到的是，居然会是顾烁——

绑架李思琪的顾烁。

顾烁咧嘴笑了笑走近她，眼睛里闪过一丝顽劣："本来只是想恶作剧一下，没想到你这么警惕啊，姐姐。"

鱼歌后退几步，镇定地问他："怎么是你？你为什么跟踪我？"

顾烁眉头皱起，似乎在思考，然后才不紧不慢地说："是我妈让我来找你，她说我有任何事情都可以找你帮忙。对了，我妈叫童姣。"他笑容戏谑，"姐姐你应该认识的吧？"

他的面容看起来天真无害。

鱼歌的心却瞬间凉了半截，她怎么也不会想到，顾烁居然就是童姣的儿子，童姣居然有这么大一个儿子。

而且他还犯过案。

鱼歌的手机铃声突兀地响起来，她眼睛依旧死盯着顾烁，接起电话，还没来得及说话，那头就传来急促焦虑的声音。

"鱼歌？你怎么样？你在哪里？"

是池川白的声音。

之前写着"帮我报警"的短信居然发到了池川白的手机上。

她有些尴尬，又忍不住暗自松口气。

"我没事。"她目光凝在顾烁的脸上，然后说，"你、你可以帮我找一个银星市的警察过来我家一趟吗？嗯，有点急事。"

4.

鱼歌从没有想过，自己会有一天和池川白安静地坐在自己家里，或者说，在经历了那样一次争执后，还能和他安静地坐在一块。

气氛有些微妙的尴尬。

但此刻，她无暇去问池川白为什么会出现在银星市，目前最重要的问题通通集中在了顾烁身上。

刚才通过池川白三言两语的解释，她已经明白过来，李思琪拒绝承认顾烁绑架了她，只说顾烁是个善良的哥哥，一直给她买吃的照顾她。李思琪的父母没有办法，只好取消对顾烁的控诉，于是顾烁没关多久就给放出来了。

顾烁一边吊儿郎当地坐在椅子上东张西望，还一边吐槽："姐姐你在家都不搞卫生的吗，到处是灰尘，脏死了！这样我以后怎么住啊？我的租的房子到期了，难道你忍心看你弟弟我露宿街头吗，姐姐？"

鱼歌眉头蹙起："你老实点！"

"你胡言乱语什么？"池川白眉头皱得更紧，语气阴寒，"谁允许你住这里了？"

顾烁嬉皮笑脸："好好好，姐夫说什么就是什么。"

鱼歌尚未出口反驳，池川白就已经冷冷地说："别乱说话，我们毫无关系。"

鱼歌身子有些僵硬。

池川白丝毫不给人喘息的空间，步步紧逼："你来这里做什么？"

顾烁无所谓地撇嘴："我是鱼歌的弟弟呀。"他晃一晃手机笑起来，"我手机还存着姐姐的号码呢，不信你问姐姐。"

"是吗？"

池川白的目光带着莫名的深意落在鱼歌的身上。

鱼歌冷哼一声："谁承认你是我弟弟了？"

顾烁愣了愣，显然没想到鱼歌会是这样的态度，他几乎是恶狠狠地威胁："你之前明明答应了我妈妈……"

"你妈知道你犯案的事吗？"

"你这话是什么意思？我做什么事跟她有什么关……"

"说得对！既然你连犯案这么大的事情都不告诉她，那么也没必要听她的安排来找我咯。"鱼歌学着他的样子咧嘴恶意满满地笑，"你信不信我告诉她？你说她知道了会怎样？"

"你！"顾烁气急败坏地站起来，这会儿倒像是一个少年应该有的样子了。

鱼歌抓住了顾烁的把柄，在心底偷偷松了口气。

"既然你们已经沟通好了，那我就先走了。"池川白拿起沙发上的外套，不着痕迹地扫一眼鱼歌，"以后不要再随随便便报警，妨碍警方正常办公。"

鱼歌怔住，顾烁倒乐了："警官，你好狠啊。"

池川白一把揪住顾烁的衣领往门外带，神色淡然地说："而你，也不要再随随便便跟踪人。现在，跟我去分局做个笔录。"

顾烁愁眉苦脸却无法挣脱出来，只好央求鱼歌："哎哎哎，姐姐你快替我说句话，我没有跟踪你呀！"

鱼歌不理他，径直看着池川白的背影，嗓音有些低："还是谢谢你今天能过来。"

池川白默了默才冷笑一声："希望这是最后一次。"

第十一章——

生日快乐，鱼歌。

1.

银星市公安分局里。

章见叶还是失联的状态。

池川白依照章见叶搜集线索的方向，查看那几个报案人提供的地点的监控。监控里不远不近跟着报案人的嫌疑人穿着带兜帽的衣服，看不清脸，和顾烁昨晚的打扮倒很相似。

"池警官，"一个模样陌生的警察走过来敲门，"那个叫顾烁的家伙可以放他走了吗？"

池川白点头："让他过来一趟。"

顾烁被拘留了一晚上，脸上没了笑容。

他懒洋洋地瘫倒在靠椅上，抬头瞄一眼池川白："还有什么事啊警官？我饿死了，现在要去吃早饭。"

池川白将电脑屏幕转向他，眸中深不可测："你有什么想法？"

顾烁好奇地凑近："哎，这个人的打扮倒是跟我很像，"他眼珠子转了转，"警官你不会以为是我吧？我可是遵纪守法的好公民……咳咳，我是说我才不会做出这种猥琐的事情来！"

池川白嘴角的弧度极淡："是吗？那你当初为什么绑架李思琪？"

顾烁含糊其辞："我之前不是解释过了吗？都过去这么久了，警官你没必要再揪着这些旧事不放嘛，人总要向前看的！"

池川白沉默半晌，才说："的确没必要再纠结于旧事。"他将电脑屏幕转回来，不再看顾烁。

"你可以走了。"

"哦。"顾烁笑一笑，大摇大摆地走了出去。

因为顾烁的再度出现，之前的疑虑又通通冒出头来。鱼歌按捺不住好奇，还是找到了李思琪询问当时的情况。

李思琪正在上体育课，她依然什么都不肯说，甚至隐隐排斥鱼歌提到"绑架"这一字眼。

"思琪，你很喜欢那个哥哥对不对？"鱼歌放柔声音问，"那个哥哥是鱼老师的弟弟……你看，姐姐这儿还有他的照片。"

照片是鱼歌为了百分百确定顾烁的真实身份，通过爸爸从童姣那得到的。

李思琪这才惊讶地抬头看鱼歌，眼里的警惕消散了许多。

鱼歌接着说："但是那个哥哥不肯告诉他妈妈实情，他妈妈很生气，觉得他是个坏人。鱼老师很想帮他，可是鱼老师也不知道实情是什么……你可以告诉鱼老师吗？然后鱼老师就可以告诉他妈妈实情，解开他们之间的矛盾。"

李思琪听到顾烁被误会，果然急了："鱼老师你快去告诉他的妈妈，不是这样的！"

李思琪告诉鱼歌，顾烁还在清衡中学读高中时，就已经和她认识了。最初只是出于友好给她买零食吃，直到那天，顾烁突然神秘兮兮地出现，喊她一起玩捉迷藏，和她一起躲在了一间杂物室里。可躲了很长时间都没有人来找，顾烁便提出躲到家里去，就这样一直躲到被警察发现。

这个借口实在有些拙劣。

鱼歌问："那么他是怎么带你出学校的呢？"

李思琪说："哥哥趁着上课没人的时候带我翻的围墙。"

思忖了片刻，鱼歌又问："你没有怀疑他是在骗你吗？"

李思琪笑起来："我早就知道哥哥不是在玩捉迷藏啦，他每次都是独来独往，一定是很寂寞，没有人陪他玩，这才来找我玩。他人很好，所以我愿意陪他一块玩。"

鱼歌愣住。

"思琪，思琪快过来！"

隔着老远的地方，李思琪的同桌安婷抱着羽毛球拍在向她招手。

李思琪仰着脸笑一笑："鱼老师我先过去啦，你记得一定要和哥哥的妈妈解释哦，还有就是让她多陪陪哥哥，哥哥看起来很孤单很寂寞呢。"

鱼歌哑口无言，不知道该说顾烁演技高超，还是说李思琪太天真无邪。

寂寞。

她把这个词又反复念了几遍。

真是个可笑的词。

2.

李思琪已经跑远了，鱼歌耸耸肩站起身打算返回办公室，却在转身的瞬间，直直撞进不远处池川白毫无波澜的眼睛里。

不知道他在这里站了多久。

鱼歌嗓子眼有些发干，视线也不知道投在何处好，想了想她开口说："学校里不允许无关人员进入的，你不知道吗？"

说完她又有些懊恼，毕竟他昨天还帮助过自己，这显然不是个好的开场白。

池川白刚从银星市公安分局出来，本只想随便走走，却不知怎么的就走到了清衡中学附近。校门口正对着操场，他隔得老远就看到鱼歌的身影。心念一动，他就和门卫招呼了一声进来了。

他走近几步，视线落在远处的李思琪身上："她怎么说？"

鱼歌以为他是来找李思琪的，心头一松，遂将李思琪的话重复了一遍后问："你在怀疑顾烁？"

池川白慢慢看她一眼，坐在了她之前坐的长椅上："不好意思，这个问题属于警方机密，不能透露。"

鱼歌撇嘴，也随着他坐下："不说就不说，谁稀罕啊？"

池川白沉默下来，并不欲与她争辩。

两人安静下来的时间过得很慢，直到远处一个羽毛球呈抛物线向这边飞过来，好巧不巧，砸在正在恍神的鱼歌身上，吓了她一个激灵。

"啊，抱歉啊，鱼老师，你没事吧？"李思琪和安婷抱着球拍跑了过来，冲鱼歌连连道歉。

鱼歌摆摆手示意没关系。

她们将好奇的目光投向池川白，边走远边小声笑着讨论了几句。

鱼歌隐隐约约听到"男朋友""鱼老师"这样的词汇，她全身一僵，只恨不得立即捂住池川白的耳朵。

一旁的池川白轻笑了一声，这声笑让鱼歌有些羞恼："你笑什么笑啊？有什么好笑的？"

池川白指了指操场上某个矫健的身影，说："你们学校倒也有几个球打得不错的高中生。"他不咸不淡地看一眼鱼歌，"怎么？你以为我在笑什么？"

被这句话一堵，鱼歌顿时说不出话来，只好瞪他一眼："没什么。"

池川白眼底的笑意更深。

鱼歌坐不住了，起身："我等会儿有课，先走了。"

"嗯。"

走了几步，她又回头："池川白。"

池川白侧头看她。

鱼歌踌躇几秒，低着头连珠炮似的说："那天……在海洋馆外面，是我语气太重了，明明和你不相干的事也怪在你头上，抱歉，你别往心里去，还有昨晚的事也谢谢你。好了，我说完了，再见。"她逃也似的走开了。

待鱼歌走远后，池川白独自坐了一会儿，他目光悠悠地落在远处，不知想起了什么，嘴角微微向上弯起，随即起身离开。

3.

鱼歌返回办公室时，钟微微正伏在桌子上长吁短叹。

鱼歌心情轻松了许多，她走过去拍钟微微的肩膀："想什么呢？跟男朋友闹矛盾了？"

钟微微捧着脸眼神凄楚："鱼歌，我最近一定是魔障了。"

"怎么了？"

"我最近老觉得有人在跟踪我，可回头看却什么都没发现。啊啊啊，一定是上次跟你吃饭后落下的后遗症！"

鱼歌有些意外："你不是走大路搭公交车吗？"

钟微微叹气："可是下了公交车后，还是有一段小路要自己走呀。"

"要不这样，"鱼歌给她出主意，"你让你那个帅气的外国男友杰森过来陪你一起住，每天接送你，这样你总不怕了吧？"

钟微微又羞又气，担忧的情绪消散了不少："哎呀，这多不好意思。"

鱼歌一个没忍住笑出声，惹得钟微微一阵捶打："你逗我是不是？你居然逗我？！好呀你！"顿了顿，钟微微又问她，"仔细说起来，鱼歌，你每天一个人走那么远的路，还要经过好几条小巷，你不怕吗？"

鱼歌严肃地摇头："我不怕，我也不能怕，谁让我没有帅气的外国男友呢！"

上课铃响起，鱼歌逃开钟微微的魔爪，伸手去捞自己桌子上的备课本："好了，别闹了，我要去上课了。"想了想她又探过头，"明天别忘了给我准备生日礼物哟。"

还未等到钟微微的生日礼物，却在零点时分收到了池川白的一条生日祝福短信。

"生日快乐，鱼歌。"

鱼歌就着床头灯看了好一会儿，有些发愣。

她十七岁的生日就是在池川白的陪伴下度过的。

那时候爸爸忙于公务不能赶回家，妈妈要去医院照顾生病的外婆。她便可怜巴巴地围在池川白身边："川白川白，你看上次我还陪你妈妈过了生日，你这次是不是要补偿我，也陪我过生日？"

本以为池川白不会搭理自己，没想到他却放下手头上的书，转身看她："你想怎么过生日？"

鱼歌脱口而出："你当我一天男朋友就好了。"

"……"

"好啦好啦，我开玩笑的。"鱼歌想了想，又说，"我们下午翘课去游乐场玩吧？我爸爸说太危险了每次都不许我玩。"

"……"池川白面无表情地看着她。

鱼歌瘪嘴："那还是算了。"她只好又苦思冥想其他可行的方案。

"好。"池川白淡淡地说，他收拾好桌子上的书，就站起身拉开门。见鱼歌还呆在原地没动静，他又转头看她，"还不走吗？"

就这样，两人在游乐场消耗了一整个下午的时光。

那是池川白第一次翘课，也是鱼歌第一次翘课。

第二天两人都受到了或轻或重的惩罚：鱼歌的惩罚是抄写课本，池川白的惩罚却是帮老师批改作业。

鱼歌很是愤愤不平："凭什么啊？明明我们都是第一次逃课，老师凭什么区别对待？"

池川白听到这句埋怨神色不变："你也想批改作业？"

鱼歌思考了一阵还是摇头："还是算了，太费脑子了。"

……

4.

鱼歌握住手机沉寂了很久，才想起要给他回复。

"谢谢"两个字还没打完，池川白的电话就打了过来。

她按下通话键，里头却传出一个陌生嘶哑的声音："鱼歌？"

他接下来的话更是让鱼歌手脚冰凉。

"我只是想通知你一句，"那个毒蛇一般的声音慢慢说，"手机的主人已经死了，勿念。"说完他就挂掉了。

"神经病吧？"

鱼歌把电话丢开，自顾自地躺在床上，拿被子蒙住眼睛，打算睡觉，却无法克制住地全身微微发抖起来。

这句莫名其妙的话其实非常荒唐，仔细想想就会知道恶作剧的可能性很大，但她还是忍不住一遍遍提醒自己"万一是真的呢"？

池川白是警察，经常会碰到各式各样危险的案件……

她不敢往下想。

这时她才猛然意识到，自己无法接受这个结果。

这时她才猛然意识到，她可以接受池川白不喜欢自己，可以接受自己不和池川白在一起，却无法接受世界上仅此一个的池川白死掉。

承认吧鱼歌，你慌了。

手机屏幕又亮了一下，她慌慌张张点开看，"池川白"发来的短信上显示了一个地址，离自己所住的地方并不远。她当机立断选择马上报警，将地址发给了警方。

当鱼歌赶到短信里所说的地址时，更觉得荒唐。这里不是某条阴森昏暗的小巷，也不是某个人烟稀少的建筑工地，而是一处算得上繁华的大街。已经是凌晨一两点钟了，依然还有三三两两的路人在走动，周围也有好几家店铺还没有关门。

她有些茫然地四下张望，试图找到池川白或者电话里那个男人的身影。她已经得知池川白今晚出去搜查线索了，现在暂时还没有与他取得任何联系。

接到鱼歌的报警后，分局的几个警察已经四下散开去找了，她呆立在原地一时不知道该往哪里走。

直到一个声音喊醒她。

"鱼歌？"

那个声音的主人渐渐走近，然后隔着一段距离停住："大半夜你在这里做什么？"

那个声音冰冷而且带着斥责，语气并不好，但她就是突然觉得一片心安。

她挤出一个笑转身看他："突然接到你的电话，想过来确定一下你死没死。"

池川白站在不远处，双手插进裤兜里，凉凉的目光审视着鱼歌，让鱼歌觉得无处遁形，笑容差点维持不住。

"手机掉了，要是有什么电话短信都不是我发的。"池川白冷淡地说，"早点回去吧。"

鱼歌点点头，镇定自若地打算离开，却发觉池川白半天没有动，她心脏突然一阵紧缩，下意识地扭头看他。他穿着黑色的衬衣，眉目俊朗，远远看过去似乎并没有什么异常。

池川白目光沉沉地盯住她的动作，无奈地舒一口气，然后慢慢说："生日快乐，鱼歌。"

僵立了良久的身躯赫然倒塌。

池川白今晚的确是去追寻线索了。

他将监控中的信息汇总，推测出一条章见叶的行动路线，然后不再犹豫，循着这条路线找了过去。

章见叶已经失联好几天了，时间就是金钱，找出相关的线索救出她刻不容缓。

这条主街道的附近有许多弯弯绕绕的巷子，监控大多老旧坏掉了，一时无法确定章见叶是往哪个方向走了，于是他安排几个警察四下散开来找——章见叶失去联系的当晚也是这么做的，然后就再没有了消息。

跟她一起出去搜寻的警察也表示，他们就是在这条街上分开的，分散前章警官还好好的，耐心叮嘱他们注意安全，一发现不对直接向所里报告，不要单独行动。

没想到就这样失去了联系。

他走进一条没有路灯、没有监控的小巷深处，正在勘察地形推测各种可能的隐藏地点时，敏锐地察觉到身后有人跟了过来。他用余光打量，那是一个穿着黑色带兜帽的衣服的男人，乍一看和监控里的嫌疑人一模一样。光线很暗，再加上帽子的遮挡，看不清他的脸，但身形却有些眼熟。

那男人直直冲池川白走来，目的不言而喻。

池川白并不是个冲动的人，他敢独身搜寻就做好了随时参与一场恶斗的准备。

只是他漏算了一点——

那人有枪。

第十二章——

这大概是这辈子最糟糕的生日礼物了。

1.

鱼歌在池川白的病床前守了一夜没合眼。

她从没想过自己会过这么惊心动魄的一个生日。

手机闹钟准时响了起来，到她平日里起床的点了。鱼歌按掉闹钟，不让这声音吵醒他。

鱼歌抬眼看着池川白，他安安静静地躺在病床上，裸露的右肩上缠着厚厚的纱布，呼吸平稳。

看着看着她一颗心却渐渐安定下来。

虽说心里有些后怕，但更多的却是劫后余生的喜悦。

他没事，还好他没事。

"你这家伙真是命大……果真是祸害遗千年吗？"鱼歌喃喃自语道，她伸手拨开池川白的额发，比例完美的五官宛若雕塑，她不服气地戳了戳他的脸，"一个男的长这么好看做什么？勾引谁呢你？"

池川白自然没有回复她，鱼歌脸上的笑容却越发扩大："这样安安静静多好，你只要一说话我就忍不住和你拌嘴……你说这到底是为什么？是你的原因还是我的原因？肯定是你的原因对不对？"

门被骤然推开，一个年轻的警察拿着文件走了进来，他惊讶地望着鱼歌与沉睡中的池川白紧紧相握的手："这位小姐，您是池警官的朋友是吧？"

鱼歌松开手镇定地站起身："啊……其实我是他死对头来着，来看看他死没死。"她看一眼池川白，嘴角边露出一丝狡黠的笑。

"什……什么？"年轻警察有些没反应过来。

鱼歌拍拍他的肩膀安慰他："别担心，他还活着，你暂时不会被革职的。好好干，争取有朝一日超过池川白！我看好你！"

年轻警察："……"

这位小姐你在胡说八道什么啊……我不是刑警啊……

鱼歌亲切地冲他笑一笑，推开门走了出去。

"池警官，您真的没事吗？要不我找别的警官汇报吧……"

那个报告案情的年轻警察拿着一份书面报告不安地站在病床旁，他小心翼翼瞄一眼池川白右肩的枪伤，再瞄一眼池川白苍白的脸色。

他不过是出去打个电话的工夫，池警官就醒了。

"没事，你继续说。"

"哦，是这样的……"

凌晨三点十分，长远路附近发生一起入室枪杀案。死者双手手腕和心脏共三处地方被枪击中，当场死亡，她的尸体被端端正正地摆放在家里客厅的沙发上。家里的贵重物品被洗劫一空，现场打扫得非常细致，几乎没留下什么痕迹，但鉴证科的人还是在客厅茶几上发现了一枚残缺的指纹，不知道是故意留下的还是无意中留下的。

长远路，恰好就是池川白和陌生兜帽男搏斗的巷子所在的主街道，也是章见叶失联的地方。

"死者冯某……就是前几天报案声称遭到跟踪的女性之一。"那年轻警察说。

"其余报案人保护起来了吗？"

"在得知死者身份的时候就立马安排了人24小时贴身保护她们了。哦，对了，您的手机在长远路的一个垃圾桶里找到了，包括您从兜帽男子手中夺回来的枪，都没有对方的指纹留下，这条线的线索基本上中断了。"

池川白点头，探身去拿搁在床尾的新衬衣。

"哎……警官，您这是？"年轻警察有些发愣，"您伤还没好……"

池川白垂眼扣好扣子，右肩处包裹了好几层的纱布，显然有些不适应窄小修身的衣服，他皱了下眉。

"带我去现场。"

"哦，好。"那年轻警察虽有些担忧池川白的伤势，但还是松了口气，毕竟他只是银星市公安分局的一个小片警，没有经历过这种缜密的杀人案件。分局里人员不多，所以刘副局长也给他安排了协助侦破枪杀案的任务。

现在有身经百战的省公安局的优秀刑警帮助，自然事半功倍。

"送我来医院的那位……"

"哦，那位小姐八点左右的时候离开了。"

"她有留下什么话吗？"

年轻警察犹豫了一会儿才说："好像没有。"

那位小姐临走之前还在自言自语："这样都没死……这家伙真是命大。"但是这种话还是不要告诉池警官吧……

"嗯。"池川白淡淡地应了一声，迈步走了出去。

2.

鱼歌早上刚一回到学校，就听说了高中部冯老师遇害的消息。

冯老师是个三十多岁严肃负责的单身女教师，口碑在学校里是一等一的好，不仅将叛逆期的学生们管教得服服帖帖，家长们也对她心服口服。

"听说是被变态跟踪，尾随到家中给杀害的呢。"周老师说。

钟微微脸色霎时间变得惨白，被吓得一愣一愣的："不、不会吧？这么可怕呀。"

"钟老师，你不是也怀疑自己被人跟踪吗？快去报警吧，让警察帮你好好查查，免得再发生什么意外！"

钟微微有些踯躅："但我并没看到跟踪我的人呀，会不会是我想多了呀？"

"想多了总比真的遭遇意外好啊！"周老师语重心长道。

钟微微思前想后，终于郑重地点头。她伸手去拉伏在桌前光顾着批改作业的鱼歌。

"鱼歌鱼歌，下班后陪我去局里报案吧。"

银星市公安分局。

接警人员耐心地将钟微微诉说的情况一一记录在案，还细心叮嘱她一些注意事项。

鱼歌心不在焉地四处打量，不断有身着警服的警察进进出出，气氛很是紧绷，估计和刚刚发生的跟踪杀人案有关。

她眼睛随意一瞟就看到了池川白。

他刚从外面走进来，身旁还有一个警察在跟他汇报工作。几个小时不见，他脸色还是有些苍白，也是，失血那么多，还面色红润就怪了。

池川白若有所感，也抬眼望向这边，随即低声和那个警察交代几句就走了过来。

"这就是你对待病人的态度？"池川白冷淡地说，"将病人丢在医院就不管不顾了？"

没想到他居然追究起这个，鱼歌怔了好几秒才反驳："难道我应该给你端茶送水伺候你到醒来吗？我又不是你妈！"

池川白居然冷笑了一声，语气里带着轻微的讽刺："我妈可不是个大半夜跑到大街上溜达的疯子。"

"难道我就有一个大半夜中枪满身是血的神经病儿子？"

鱼歌回想起他倒下的那一幕还心有余悸。

那个陌生男人口中那句"他已经死了"像鼓点一样细密地向她逼近，她紧张得心像是提到了嗓子眼，几乎是疯了一般跑过去喊他的名字、探他的呼吸。

直到感受到他微弱的呼吸，鱼歌才逼迫自己冷静下来，赶紧和附近赶来的几个警察抬起他送往医院。然后蹲在手术室外等待他出来。

这大概是她经历过的最难熬、最漫长的一个夜晚。

他在这么危险的情况下居然还有闲情对她说什么"生日快乐"？

这大概是这辈子最糟糕的生日礼物了。

池川白沉默下来，半晌，他才说："我有分寸。"

在意识到对方持枪时，池川白已经身姿矫健地制住了对方的动作，握住对方的手腕，占据了主动。在正欲脱下他的帽子时，那人嘶哑的嗓音幽幽来了一句："鱼歌是谁？她今天生日？"

池川白眸色陡然加深，这才意识到自己放置在车内的手机已经被盗走，手机发件箱里则静静躺着一条尚未发送的短信。

那人趁着池川白半秒的分神，不再犹豫当机立断扣动了扳机。

"我倒是没察觉出你有什么分寸。"鱼歌讽刺他。

"你大半夜凭着一个莫名其妙的电话跑出来就有分寸？"

"至少我好端端站在这里，而你身上被戳了一个血窟窿！"

池川白抿唇，眼里蓦然闪过一丝复杂的意味："你在担心什么？"

鱼歌别开眼，嘴硬道："我担心什么？我有什么可担心的？你还是先顾好自己吧！别警花小美人还没救回来自己却栽进去了！下次可说不准还会不会有人来救你！"

池川白嘴角微勾，似笑非笑地得出结论："口是心非。"

鱼歌恼了："我有什么好口是心非的？"她瞄一眼池川白右肩的伤口，几乎是恶狠狠地说，"受了这么严重的伤还跑出来工作，我看你是真的不要命了！"

池川白一怔，眼睛里隐隐约约冒出笑意："我倒是不知道某人这么关心我。"

"谁关心你了？"

"某人。"

"哦？哪个某人这么不长眼？是村口裁缝店的胡寡妇，还是街头洗脚店的潘大姐？"

"池警官，麻烦您过来一趟！"

不远处的几个警察已经在催促了，等会儿还有一个紧急会议要开。池川白不再多说，微微弯起嘴角，深深望了鱼歌一眼就走了过去。

右肩的伤口还是隐隐作痛，但明显比刚清醒那一刻，只看见空荡荡的病房时要好受得多了。

钟微微结束了那边的问询走过来，她好奇地看着池川白的背影说："那个警官侧脸看起来和池警官好像哦……都是那么帅……"

"那就是池川白。"鱼歌没好气地答。

"哎哎哎，池警官不是回省公安局了吗？怎么又过来了？"钟微微惊讶。

鱼歌有些不耐烦，心陡然间沉了沉。她垂下眼睛扯着钟微微往外走："走吧走吧，别问了，我哪知道他呀。"

……

3.

池川白在翻看资料时，突然回想起这么一桩旧案。

多年前，在池川白刚刚毕业还只是省公安局一个小助手的时候，遇到过这样一起案子——

兜帽男、跟踪、枪杀，作案手法和如今冯某的案子如出一辙。

最大的区别就是冯某案犯罪现场要干净整洁得多，不像当初那么凌乱。

当时的死者是章见叶的亲哥哥，他是锦和大学非常受人尊敬的教授。他声望很高，虽只有三十多岁，但育人无数，要求立即捉拿凶手的民怨简直要掀翻整个省公安局。

这个案子的重任全部压在了当时带池川白的师父赵警官的身上，赵警官不眠不休日夜追查终于通过蛛丝马迹找出兜帽男的线索。最后在殊死搏斗的时候，赵警官被兜帽男反手一枪击中，命丧当场。而兜帽男也被赶过来支援的池川白击中头部，坠入山间。

可惜的是，并没有找到兜帽男的尸体。

假使兜帽男还没死，自此隐身匿迹，不再犯案。

这个案子中，不仅损失了一名大将，凶手也没有缉拿归案，虽然安排了警察继续跟进，但全局上下都默契地闭口不言。

渐渐地，大家也都当这桩带有污点的案子没有发生过。

再然后，章见叶就从地方公安分局调任到了省公安局。她对此案颇多愤懑，坚信凶手还没死，还会继续作案，她一直在私下里探查各类相似的跟踪案件。

时至今日。

仔细说起来，池川白和当年的兜帽男也算是颇有旧怨。

银星市公安分局的刘副局长，在翻看了当年的卷宗后唾沫横飞："……由此可见，冯某案的凶手就是当年杀害章教授的那个嫌犯！他先跟踪包括冯某在内的几名单身女性，确定目标，随后袭击了池警官，枪杀了冯某。"

池川白神色淡淡地指出重点："监控里跟踪冯某的男子和袭击我的男子不是同一人。"

虽然两人都身穿普通的黑色兜帽衫，但池川白还是凭借着多年的经验将两人区分开来：监控里的男子身形消瘦动作灵活看起来年龄不大，而与他动手的男子较为健壮，招招狠辣，仔细回想起来，动作声音赫然就是当年的凶手。

刘副局长一愣："你的意思是多人作案？"

池川白不置可否。

他站起身将贴在白板上的死者照片取下来，环顾四周然后严肃地说："死者身上穿了一条蓝色的裙子，很显然，裙子上没有破损，是在她死后被换上的。死者的姿势也被摆放得很端正，头发也整理了一番。这种细腻的活不禁让我怀疑，现场还有另一名女性的存在。"

4.

鱼歌晚上回到家时已经接近十点了。

在钟微微的提议下，她邀请了办公室的所有老师去吃了晚饭，一块庆祝生日。

这种形式主义鱼歌虽然不太喜欢，但也不能太不合群。

她趁着声控灯还没灭，低着头从包包里把钥匙找出来，再一抬头就看到了立在门口的池川白。

灯光正好灭掉。

她一怔。

池川白听见动静直直望过来，眉头不赞同地皱在一起。

"怎么这么晚才回来？"

"你找我？"

两人同时开口，又同时顿住。

"进来吧。"鱼歌心不甘情不愿地打开门说。

鱼歌住的地方是一套简单的一室一厅，虽小却很温馨，各种暖色调的装饰品把屋子里装点得满满当当。上次过来的时候，因为顾烁也在，所以他并没有多加注意周遭。

但很明显，这次要比上次整洁得多。

她虽然口头上对顾烁的评论不以为意，心底里却还是暗搓搓记住了的。

这个小气鬼。

池川白眼神一下子柔软下来，他无声地笑了笑。

"你要不要搬去我那边？"池川白淡淡丢下一句。

"啊？"鱼歌蓦然被这句话一呛，手里的水杯险些端不住，半惊讶半警惕地瞪着他，"你没搞错吧？我没事搬去你那边干什么？"

池川白眉毛抬了抬，眸中意味不明："你别想多了，我的意思是你要不要临时搬去银星市公安分局的宿舍住，那里比较安全。"

鱼歌莫名其妙："我在这儿住得好好的为什么要……你的意思是担心电话里的人打击报复我？"

池川白眸光一沉，他烦躁地捏了捏眉心，这才道："我怕他报复我。"

我什么都不怕，唯独怕你受到伤害，因为这是对我而言最大的报复。

而对方在对你我的试探中很明显已经得知了这一点。

鱼歌全身一僵，不再说话了，甚至尴尬地别开眼不看池川白。

不同于海洋馆门外那次，这是池川白第一次这么直白地表明心意。

她的心里好像因为这句话，又咕噜咕噜冒出了酸酸甜甜的气泡。

真该死。

池川白漆黑的眼眸定定地望着她，等她回复。

沉默了好一会儿，鱼歌才起身去房间收拾东西，她神色自若地说："哦，反正我一个人住也没什么意思，去警察宿舍是不是能认识许多漂亮的女警察？那也挺不错，说出去也挺够面的，让那帮大龄单身男老师羡慕死！"

池川白笑了。

他从口袋里掏出打火机，有一下没一下地点燃："我什么时候说你是和女警察一起住了？"

"哎，你这话什么意思？我不是和女警察住那是和谁住？"鱼歌诧异地回头看一眼。

池川白淡定地转移话题："说一说电话里那人说了些什么吧，你怎么会这么着急？"

　　鱼歌的声音从房间里传来，听起来有些远有些闷："我为什么要告诉你啊？我……哎呀！"

　　房间里传出玻璃破碎的声音。

　　池川白浑身紧绷，三步并做两步地跑过去推开门："鱼歌！"

　　鱼歌尴尬地站在一堆碎玻璃旁，说："手滑了。"

　　池川白心头一松，眉头蹙起，刚想训斥她几句怎么这么不小心，目光却循着她的凝在了房间的墙上。

　　那是几个用黑色颜料写下的歪歪扭扭的字：

　　鱼歌，生日快乐。

第十三章——

晚安，池川白。

1.

黑色夹克的中年男人眉眼阴郁地坐在巨大的落地窗前抽烟，客厅虽然宽敞却一片狼藉，到处散落着烟蒂和各种一次性塑料饭盒。

"黑哥，都过去这么久了，还不把那女人处理掉吗？"立在他身后不远处的年轻男子做了一个狠厉的抹脖子的动作。

被称作黑哥的男人不答他，弹掉烟灰，指着窗外问他："你看那是什么地方？"他的嗓音因常年受香烟的腐蚀，嘶哑不堪。

年轻男人有些莫名其妙："公安分局吗？"

他们所在的位置离银星市公安分局非常近，再加上楼层高，更是对分局进进出出的动静一目了然。

"你知道谁在里面吗？"

年轻男人点头又摇头。

黑哥嘴角勾起血腥的笑，他掐掉烟，目光从平静蓦然变得阴冷，又带着斥责扫向身后的男子，他的眼神比脸上的巨大伤疤更可怖："年轻人做事不要这么冲动！好好跟你二哥学学！"

骤然被责骂，那年轻男子有些不服，但生生忍住："是，黑哥。"

宽敞客厅的隔壁有一间小小的卧房，但里头并没有床，只随随便便铺了一床毯子在地上，被五花大绑捆住陷入昏迷的女人，赫然就是章见叶。

第二起枪杀案发生得很快，几乎不给人喘息的时间。

受害人左某是一位退休多年的老教师，住在学校附近的老式教师公寓里。他为人和蔼可亲，每天脸上都挂着温和的笑容。每一个清晨他都会提着鸟笼去学校里转一转，跟骑着自行车进入校园的学生们打招呼，全校的学生都对左老师印象很好。

他在死后被换上了黑色的西装。

这次的枪杀案使得各种可怕的流言蜚语又一次席卷了全市。市里的老师们都人人自危，第一次为自己的好名声感到担忧，甚至有好几个老师都请假去了外地避风头。

种种舆论，使整个银星市公安分局包括省公安局都承受了非常大的压力，局里又调派了人手过来，其中不乏当年追查章教授那起枪杀案的老刑警。

池川白非常明白，凶手是在挑衅，是在炫耀。

炫耀自己的能力，炫耀自己能一次又一次逃脱抓捕。

灵堂里。

钟微微哭得眼睛通红："左老师这么好的一个人，做了那么多善事，凶手为什么要把他当作目标啊，而且手段还这么残忍……"

左老师是钟微微和鱼歌的大学老师，在学习生活上都给过她们很多帮助，这次她们是作为学生代表来参加左老师的葬礼。

鱼歌拍一拍钟微微的肩膀，轻声安慰了她几句。她偏头看一眼刚刚结束和左老师家属交谈的池川白，走了过去。

"怎么样？"

池川白的目光若有所思地落在不远处左老师的遗像上，答："左老师一直是独居，宁可守在分配的老房子里也不肯麻烦子女和子女同住，这才给了凶手可乘之机。"

鱼歌想起左老师的音容，叹息一声。

池川白目光转到鱼歌脸上，突然说："你一定不要出事。"

鱼歌一愣。

池川白又接着说："我会竭尽全力抓捕凶手，而你，也要在这段时间内保护好自己。"他目光悠悠地转开不知道落在了哪里。

声音却沉甸甸地落在鱼歌心里。

"答应我，不要让我担心。"

2.

这天。

鱼歌教完当天的课程后下意识地又往家的方向走，走了一半才反应过来，自己现在暂时住在银星市警察宿舍里，只好又绕出来往警察宿舍的方向走。

前天晚上搬过去的时候，好几个进进出出的警察促狭地打量他俩："嘿，池警官，带女朋友来住呢，真稀奇啊！"

池川白轻描淡写："少多管闲事，监控线索查到没有？"

那几个警察神情一肃，不敢再油嘴滑舌："我们正在——排查中……呵呵呵，池警官我们先走了，就不打扰了哈。"

对银星市的警察而言，最近的每个晚上都是神经紧绷的不眠夜，也难得放轻松插科打诨一句。

而池川白因为有伤在身，被上级要求养伤，明令禁止他在线索明晰前过多参与调查，这样反倒使他压力更大。

况且章见叶还没有找到，她此刻的安危与凶手紧密联系在一起，只有快速找出凶手才有可能得到章见叶的准确讯息。

池川白现在肯定心里不好受。

鱼歌瞥一眼池川白冷峻的侧脸，问："你今晚还要出去调查吗？"

池川白从沉思中清醒——他还在想房间里黑字那件事。

他嘴角一抿，眼睛里浮起清浅的笑意："担心我？"

鱼歌翻白眼："你什么时候能不这么自大？谁担心你了？"

池川白微微一笑，却不答她这句问话，只说："放心吧，宿舍周围有持枪的巡警把守，很安全。"

鱼歌明白过来，知道无法改变他的想法遂不再发问。

直到上了楼鱼歌才发现，自己居然真的是和池川白同住。

不待鱼歌提出质疑，池川白已经将她的行李放置在了房间里，他淡淡地说："女警宿舍早就住满了，分局里给我安排的临时宿舍是一室一厅，你可以睡在我的房间，我睡外面的沙发就好，而且，"
他示意小客厅里的书桌，那上头层层叠叠摆放了许多文件卷宗，"我
工作会打扰到你。"

　　鱼歌不理他，又把自己的行李搬出来："既然我是客人，那我
选择睡哪里的权利还是有的吧？我偏乐意睡沙发，我偏乐意被灯光
打扰。"

　　池川白静默地看了她一会儿，这才说："好。"然后就自顾自
地坐到书桌前打开电脑开始办公。

　　"卫生间有热水。"他说。

　　等鱼歌从卫生间洗漱完毕出来时，池川白已经端端正正地躺在
了沙发上。沙发有些小，和他修长的身形并不搭。他合着眼，长长
的睫毛投出一小片阴影，显然已经睡着了。

　　鱼歌又好气又好笑，却不忍心叫醒他。

　　她蹲下来近距离仔细端详了池川白一番。

　　他嘴唇有些苍白，是有伤在身却不老老实实休息导致的；他的
下巴冒出了扎人的胡楂，是没来得及打理导致的；他眼睛下有一圈
浅浅的青色眼圈，是长期不眠不休导致的；他的脸形和高中那会儿
相比消瘦了些，棱角分明了些，看起来更冷峻也更不好亲近。

　　她的指尖擦过池川白高挺的鼻梁，轻声说："晚安，池川白。"

　　然后放轻脚步进了卧室，全然没注意到池川白微微扬起的唇。

　　鱼歌睡了没多久就醒过来了，她有些认床。

　　天色还很黑，她喝一口床边的水，下意识地打开门看。

池川白早已经不在了，客厅里冷冷清清的。

下午下班之后，鱼歌好不容易才绕回了警察宿舍。

这里和家里相比，离学校远了差不多三分之一。路程她也不是很熟悉，但还好都是大路，随便问问就能知道。

毫不意外，池川白并没有回来。

她刚打算再出门采购一趟，却接到了顾烁打来的电话。

"姐姐，你在哪儿呢？早已经放学了，家里怎么没人？"他的语调一如既往的亲切得过分。

"你又找我干什么？"

"姐姐你未免太冷漠了吧？我妈不是说过让你照顾我的吗？我这几天都是借宿在朋友家里，别提多憋屈了……"顾烁絮絮叨叨之际，池川白正好打开门进了屋。

他眉头微蹙，看到鱼歌不耐烦的表情后，无声地询问她在和谁通话。

鱼歌将电话给他看，看到顾烁的名字后，池川白眉头一舒，自然地接过鱼歌的电话说："顾烁，现在来一趟分局，我正好有事情问你。"

那头一顿，这才惊讶地大喊大叫："池警官是吗？你你……你怎么和我姐姐待在一起？"

3.

最后三人还是约在了分局不远处的一家咖啡厅里见面。

顾烁嬉皮笑脸地打量对面的两人："姐姐你不会是和池警官同

居了吧？这么劲爆？"

鱼歌白他一眼，低头拿起手机给漂亮的咖啡杯拍照，以掩饰自己的不自然："你少转移话题，说吧，找我做什么？"

顾烁撇嘴，下意识地扫了一眼没什么表情的池川白："就是没地方住了呗，想在姐姐这里借住几天，啊……也许是几个月。"

"好啊。"鱼歌极快速地应允，她的眼睛弯起，"当然可以。"

池川白嘴角边也隐约浮起一丝笑意。

顾烁愣住。

鱼歌答应得太快，他不禁有些怀疑："姐姐你是认真的？我是说我要住你家啊。"

鱼歌诚恳地点点头："当然是认真的。"

池川白不动声色地接过话头："黑哥已经去过鱼歌家里了，相信你搬过去的话很快能和他碰面。"

黑哥，就是当年章教授的案子以及如今冯某和左某的案子主犯的诨名。

顾烁脸色一僵，心里咯噔一下，眼神到处飞："池警官，你说什么呢？黑哥是谁？我怎么听不懂啊？我哪里认识什么黑哥白哥啊……啊，我倒是认识池警官你这个白哥。"

"你少插科打诨了！"鱼歌说。她将池川白刚才递给她看的照片拿出来放在桌面上，推过去给顾烁看。

照片上是顾烁和一个年轻男子并肩走在一起，低声商量事情的监控截图，右上角的时间显示正是李思琪被绑架的那几天。

顾烁撇撇嘴将照片又推回去："我承认左边那个是我，但旁边那个可不是什么黑哥！照片上的人年纪和我差不多大，怎么可能有人叫他哥呢！"

"巧了，我现在不找什么黑哥。"池川白眸色极深，手指敲击着桌面上的照片，动作优雅而笃定。

"我只找他。"

通过监控里跟踪冯某的兜帽男偶尔露出的半张脸的样貌对比，再加上冯某家中那个无意中留下的指纹，很快确定了那个年轻兜帽男的身份——十七岁，还是在校学生。当他的真实照片呈现在屏幕上时，池川白敏锐地发觉了此人非常眼熟。

果不其然，在当时搜查顾烁涉嫌绑架李思琪的线索的监控中，找到了此人的影像。

他和顾烁认识，还极有可能和李思琪的案子也有千丝万缕的联系。

他年纪并不大，手法稚嫩，轻而易举就留给了警方搜查的线索和方向。

而黑哥，行踪隐秘难以捉摸，只有从这个年轻的兜帽男身上入手，才有可能一举抓获他。

顾烁脸色一下子变得很难看，他犹犹豫豫半晌才下定决心说："我跟他也不熟……哎呀，警官我什么都不知道，不要再问我了！我还有事，先走了！"他套上衣服上的兜帽，双手插进口袋里，逃也似的撞开门走了出去。

鱼歌将照片收起来，冲池川白吐槽："怎么试探都不说，他口风可真紧哪。"

　　池川白垂眼轻笑一声："要是他敢说出来，依着凶手的处事性格，他也活不到今天了。"

　　"好了。"鱼歌站起身，微微一笑，"事情办完了，我们回去吧。"

　　这句话说得温馨又自然。

　　池川白闻言抬眼定定地看了她好一会儿，薄唇微抿。

　　"好，我们回去。"他说。

第十四章——
你伤口的形状有些别致。

1.

接连两起枪杀案在网络上迅速发酵，在全省乃至全国造成了非常大的影响。大量优秀警官赶往银星市，成立了专案组。警方调取出以往的资料，将黑哥的信息张贴在网络上，同时在电视新闻上发声安抚民众少安毋躁。通过大量分析取证，团伙人员的作案手法和动机渐渐清晰，落脚点也被锁定在银星市一个很小的区域内。

可让人始料未及的是，第三起枪杀案发生在锦和市。

小吴在清晨六点时急匆匆地打电话给池川白："不好啦池警官，我手头上的跟踪案现在变成你手头上那起连环枪杀案啦！局里的精英警官大多调到银星市了，这边的案子都没人管了！啊，不对，是大家都不敢管！池警官你快回来！"

接到电话那会儿，鱼歌正在帮池川白换药。

池川白又一次在大晚上跟出去勘查，好不容易愈合一点的伤口，不负众望地在高强度的工作状态下裂开了。

"我没有时间去医院，正好这里长期备有纱布和药，我自己不方便上手，你帮我换下药吧。"池川白淡然地说。

虽然觉得他这句说辞是借口，但鱼歌一时竟有些无法拒绝。

他的身边长期备有医疗物品和药物，这只能证明他长期处在各式各样的危险之中。危险到临时受到什么伤害，紧急情况下只能自行处理。

她一点一点剪开缠在他肩头的纱布。

裂开的伤口有些狰狞，与他俊朗的外表非常不搭。

鱼歌怔怔看着池川白右肩的贯穿伤，一时有些不敢动手涂药。

她的心脏好像莫名被一些什么东西四面八方扯着，想要宣泄却找不着出口。

是，简单来说，她心疼了。

她心疼池川白，心疼他遭受的这一切。

"怎么了？"池川白发觉鱼歌默不作声，低低笑了笑，安慰她，"不敢是吗，没关系我自己来吧。"

"不是，我没有不敢，"鱼歌打断他，"只是觉得你伤口的形状有些别致。"

池川白轻笑一声。

池川白裸露在外的背部线条流畅又好看，忍不住让她脸颊微微发烫，但她显然更在意另一件事——

鱼歌手指有些发抖："你忍着些啊，我可能手法不大对……啊，我应该找容竣讨教讨教的，他虽然是个兽医，但至少要专业很多，他给动物们上药的时候肯定比我要温柔得多吧……是不是很疼？"她无意识地东拉西扯。

池川白全身紧绷。

沉默了好一会儿，他才稳住声音答："不用向他讨教，你很好。"

鱼歌不再说话了。

经过好几次戳到伤口后，她的手指稳了许多，嘴角也在池川白渐渐轻柔的呼吸中，微微勾起温柔的弧度。

挂掉小吴打来的电话后，池川白神色一肃，快速向鱼歌说明了情况。

鱼歌已经在帮他缠纱布了，她垂着眼点点头："好，你过去吧，我等会儿也要去上班了……"

池川白长臂一揽，正好将凑在自己身前的鱼歌搂个满怀，温热的胸膛触到她微凉的鼻尖和柔软的长发。

他轻轻一抱就松开。

"注意安全，鱼歌，等我回来。"池川白俯首贴着她的耳郭轻声说。

2.

钟微微觉得鱼歌这几天有些不对劲，但具体是什么她又说不上来。

她围着鱼歌转了好几圈，自言自语："也没瘦啊，所以你在开心什么？"

鱼歌推开她凑过来的脑袋，说："我在开心你的男朋友过来陪你了，这样你就不用天天缠着我问来问去了！"

钟微微羞涩："讨厌啦。"

鱼歌问："最近你还觉得有人跟踪你吗？"

钟微微摇头："都说了可能是我的错觉了，上次去局里报案，人家调了监控来看也没发现什么……估计是因为那几天我一直在看这种悬疑题材的电视剧，所以神经兮兮的吧。"

鱼歌无奈："好吧。"

钟微微不好意思地笑起来："为了庆祝我摆脱跟踪的阴影，下班后我请你去'有家'餐馆吃饭吧！"

……

刚刚打完下课铃，东西还没收拾好，鱼歌就接到了池川白打来的电话。

鱼歌四下张望一番，见周围没人注意自己这才接起。

"喂，你已经忙完了？"

电话那头的声音有些嘈杂，但他稍显冷淡的嗓音还是清晰地传到了她的耳边："嗯，马上要去案发现场。"

"哦。"

那头池川白没说话了，鱼歌只好干巴巴地补充一句："注意安全啊。"

池川白笑了笑，他倚在墙壁上，从口袋里掏出打火机有一下没一下地点起："你也是。"

"嗯。"

"不要出去乱跑，下了班早些回去。"他顿了两秒，声音变得柔和，

"我很快就回来。"

……

刚刚挂掉电话，钟微微就抱着一大摞作业本走了进来。

"鱼歌你和谁打电话呢？"

"啊？没谁，就一个朋友。"她怎么好意思告诉钟微微，自己目前和池川白的关系缓和了许多？毕竟之前还信誓旦旦说过，自己不可能再喜欢他。

"那家餐馆生意一向火爆，晚了就没位置了，你动作快点。"鱼歌说。

3.

两人兴致勃勃地吃完饭后，绕着那条小巷往外走。正在闲聊的时候，一个样貌清秀、看起来三十岁左右的女人，惊慌失措地从小巷的另一头跑了过来。

她像是看到了救星一样，紧紧攥住鱼歌和钟微微的衣服："两位小姐可以和我一起走吗？拜托拜托！"

钟微微和鱼歌面面相觑，钟微微结结巴巴地问："你怎么了，发生什么事了？"

那女人几乎要哭出来，她紧张地回头张望："刚才我从朋友家离开，还没找着出来的路，就发现身后有一个陌生的兜着黑色兜帽的男人跟着我！"她紧紧拉住鱼歌的手，"是不是就是新闻里说的那起针对教师的连环枪杀案呀……好可怕……"

钟微微被她的话吓了一跳，战战兢兢的，冷汗都冒了出来。她赶紧扯着鱼歌和那女人往大街的方向走："我们先离开这里吧……"

鱼歌不着痕迹地打量了那女人一番，并不言语。

不过一分多钟，三人就走到了人来人往的主街道上。

那女人舒了口气，感激地冲钟微微笑："谢谢你们了，不然我都不知道该怎么办才好。"

钟微微有些不好意思："应该的，应该的！"

鱼歌也漫不经心笑一笑："这有什么不知道的，你有长篇大论向我们求助的工夫，怎么不打一个报警电话或者直接向你朋友求助？再说了巷子里也有几家老店铺，你跑过去求助总比跟我们两个手无寸铁的女的求助要安全得多吧。"

那女人僵住，嘴巴张了张才吐出一句："一时情急没有想到。"

钟微微对鱼歌突然间的尖酸刻薄有些奇怪，不满地说："鱼歌你乐于助人一点嘛。"

鱼歌嘴角扯了扯："抱歉，我就是随便说说，你别在意。"

那女人赶紧摆手说没关系。

鱼歌客气地冲那个女人笑笑："小姐你现在已经安全了，如果还是不放心的话，你可以选择乘坐公交也可以搭贵一点的的士。应该不用我们送你到家吧？"她伸手指了指前面十几米远的位置，"公交站就在那里。"

那女人有些局促和尴尬："那谢谢你们了。"

鱼歌点头，同时对钟微微说："我今晚去你家睡行吗？"

钟微微虽然疑惑却还是答应了。

没走几步，却听见那女人叹息一声，在身后喃喃自语："哎呀……也不知道黑哥会怎么处置她。"

黑哥？

这个名字像一声闷雷，劈在鱼歌心头。

那个女人果然不简单。

鱼歌心思动了动，见周围来来往往的行人挺多，那女人孤身一人，估计也做不出什么对她不利的事来，急欲知道线索的她瞬间打定了主意。

"啊，微微，我今晚还是不过去了，我突然想起还有点事要办，抱歉啊。"

待钟微微走后，鱼歌转身紧紧盯住那女人："你认识黑哥？"

那女人看鱼歌这么直白，有些惊讶，也不打算再装无辜，带着危险的笑意瞥一眼鱼歌，没有回答她，而是问："你是怎么发现不对劲的？"

鱼歌谨慎地退后几步，蹙眉想了一阵，说："大概是因为你太冷静了。寻常人大概会在遇到危险的时候直接说'救命''有人跟着我'之类的，可你却为了让我们信服扯了一堆'刚从朋友家出来'这种废话。"

"原来如此。"那女人捧着脸幽幽吐了口气，"我还以为是我演技不好呢……那才是真糟糕了……但是你猜错了一点小姑娘。"

那女人透过鱼歌望向她的身后："你以为只有我一人，在大街上奈何不了你是吧？"她恶意地笑起来，"真的有人跟踪我哦。"

语毕，强烈的电流击中了鱼歌的小腹，她在昏迷前，正好看到身后兜帽下那张年轻的脸，赫然就是监控照片里和顾烁站在一起的年轻男子。

那女人在人群聚拢前惊慌地跑至鱼歌身前："妹妹，你没事吧？是低血糖吗……这位先生，可以麻烦你送我和这位妹妹去一趟医院吗？"

……

4.

第三名死者的家中。

池川白有些心神不宁。

第三起案子看似和前两起没有区别——死者是学校里名望很高的老师，在十多天以前曾报案声称遭到跟踪。

死者的双手手腕和心脏处被枪击中，但是，有非常奇怪的一点不同——这名死者是以正常的死亡状态瘫倒在地板的血泊中，没有经过任何后期布置。

小吴得出结论："说不定是凶手懒得处理了呢？"

池川白思忖片刻后缓缓地说："对于这种连环杀手来说，他们不会允许自己的案子中精心设置的细节发生变化。他们都会有自己的分工，目前这种情况，有可能是模仿作案，也极有可能……是作案人数发生了变化。"想到这里他脸色微变。

他叮嘱小吴赶紧给银星市负责该案的几个警察打电话，不要再拖了，事不宜迟立即抓捕年轻的兜帽男子。

同时他给鱼歌打了个电话。

打了好几个，一直是忙音，没有人接听。

他的心陡然一沉。

　　鱼歌醒来的时候，发现自己被绑在一个密闭的房间里，不知道是窗帘太厚还是房间里压根没有窗户，到处黑漆漆的，分不清是白天还是夜晚。

　　而她则一直被放置在坚硬的地板上，也不知道睡了多久，全身酸痛得像是要散架了一样。

　　她懊恼地叹口气，感觉自己又搞砸了，当时就不该挑明那个骗局的，但仔细一想，如果自己没有抱着一颗警惕之心，估计更早以前就被绑了。

　　毕竟对方人数上占优势，并且已经将她定为目标。

　　池川白、池川白，她默默在心里念叨着这个名字。

　　好像这样子就能赋予她无限的勇气一样。

　　鱼歌转动一下手腕，发现被绳子绑得很紧，根本无法解开，她只好不再浪费多余的精力。

　　正在低头沉思的时候，她突然听到角落里传出一声轻微的呻吟。

　　她心头一紧，房里还有人！

　　她试探地出声："谁在那里？"

　　那头沉默了一阵子才沙哑地开口："是鱼歌是吧。"

　　鱼歌明白过来，她往那边又挪近了几分："章见叶？"

　　章见叶又陷入了很长时间的沉默，然后自嘲地笑一声："我还没死，很惊讶是吧？"

　　鱼歌舒了口气，随口安慰她："别这么说，这几天大家都很担心你来着。"

"川白呢？"

鱼歌微愣，答："他也很担心你。"

"是吗……"章见叶缓缓地说，"我很想他。"

鱼歌沉默下来，她半垂着眼静静注视着眼前的一片黑暗，好像即将与它融为一体。

章见叶不管她的反应，自顾自地说下去，好似要把这几天没说的话一次性说个干净。

"我很喜欢他，你应该看出来了吧？"

章见叶刚刚调到省公安局的时候，其实还是挺受大家欢迎的。她长得漂亮性子又直率，况且，她能够通过层层选拔从地方调任上来，说明还是有一定刑侦能力的。

但到分组时，大家却大多不愿选择和她一组。她是女生，就算工作能力强，很多体力上的活还是比不上男刑警，在追捕犯人的过程中反倒有可能会拖后腿。

章见叶有些难堪，咬住嘴唇不说话。

池川白独自站在小阳台上抽烟，他吞云吐雾了好一阵后掐掉烟走进来时，分组已经差不多落入尾声了。他不着痕迹地扫视了单独站在一旁的章见叶一眼："我是和这位……章警官一组是吗？"

一旁的人打趣他："池川白你有没有搭档都是一样的，局里就数你破案率最高。"言外之意是，再加一个可有可无的章见叶也没什么关系。

章见叶脸色更加难看。

池川白微微一勾唇，迈步走向她，诚恳地伸手道："很荣幸和你一组，相信有你在能帮我解决不少难题。"他的眼眸很黑像一潭深水，"我叫池川白。"

　　……

　　章见叶继续说："我知道他只是好心替我解围罢了，他在侦破案件的过程中并不麻烦我，而是全部靠自己解决，什么事都自己扛着，所有得来的称赞却还要分我一半……他这个样子，让我觉得心疼。"

　　"你为什么跟我说这些？"鱼歌打断她。

　　"我是想说，不管你们是怎样复杂的关系，我都不在乎。"章见叶一字一顿地说，"我这几天想得非常清楚，我想活下去，想继续待在他身边，就算只是普通同事也没关系，我不会放弃。"

　　鱼歌烦闷地靠在墙边上，反手绑在背后的姿势一点也不舒服，她反复调整了坐姿才冷淡地说："哦，随你。"

第十五章 ——

我还没来得及好好认识
现在这个更加优秀的
你。

1.

小吴按池川白的要求，一一打电话给银星市负责该案件的几位警官。

电话说到一半时，他径直将手机递到了池川白面前："池警官，电话里这位警官说，有人报警指名要找你。"

池川白心头一跳，眸光晦暗不明地接过手机。

顾烁龇牙咧嘴地躺在病床上，望一眼正在打电话的警察，不耐烦地问："池警官到底什么时候过来？你跟他说清楚没有？人命关天知不知道？我有重要的情报要说，他就不能抓紧点马上过来？"

那警察挂掉电话，看向顾烁："池警官让你有什么事直接跟我说。"

顾烁不依，坐起来嚷嚷："喂！你……哎哟！"剧烈的动作牵动了腿上的伤口,他眉头皱成一团,"我哪知道你值不值得我信任啊?我只信任池警官,让池警官过来!"

那警察脾气也不太好:"那你慢慢等池警官好了,我们还有任务,就不陪你闲聊了。"说着真往外头走。

"喂喂!别走啊!"顾烁急了,"你们得保护我的人身安全啊……哎,我说还不行吗?我说!"

自那天和池川白鱼歌两人不欢而散后,顾烁便一个人跑去了街边的游戏厅打游戏,屁股还没坐热却接到了署名为小绿的人的电话。

他接通:"找我什么事?"

不知道小绿说了些什么,顾烁脸色一下子变得惨白,他边慌张地四处张望边压低声音解释:"我和那个姓池的一点关系也没有,怎么可能会跟他透露你们的行踪?真的是误会!我刚才只是和他,哎呀,只是喝了杯东西而已……你帮我跟黑哥解释……我真的没有……"

话还没说完小绿就掐断了电话,顾烁僵在原地好一会儿才套上兜帽急匆匆地走出去。

没承想,顾烁东躲西藏了好几个地方还是被小绿找到了。亏得他枪法不好,只击中了顾烁的左腿,这才保住一条命。

"……就是这样咯,他们不仁也别怪我不义!"顾烁愤愤不平地说,"明明什么也没说出去,现在却害得老子命都差点丢掉!"

那警察关掉录音笔:"我会安排人守在这里保护你的安全,你老老实实不要到处走动,之后还会有针对这一事件的一系列审问。"

说完就脚步匆匆走了出去。

顾烁躺下，拿被子蒙住头喃喃自语："还是睡在床上舒服啊……"

顾烁从小独自一人长大，性子散漫顽劣。因着关系不错的小绿的介绍，原本也想加入黑哥的组织，威风一番。他从没有见过黑哥，一直都是小绿单线联系的他。

他丝毫没有考虑过加入这种危险组织的后果。

黑哥给他的第一个考验就是伪装失踪连环案。

黑哥的意思是让他尽快杀掉绑架的那个女孩，然后推到真正的连环失踪案罪犯身上。他犹豫再三，终究还是没能下得去手，不仅如此还留下了马脚，被警方抓个正着。

他加入组织的考验自然没有通过。

因着小绿的求情，黑哥留了顾烁一命，只说让他对一切闭口不言，倘若泄露了组织的踪迹，会安排小绿亲手结果了他。

再然后就造成了现在这番局面。

"人生啊，人生！"顾烁蒙着头大喊。

2.

陌生黑暗的房间里。

自章见叶说完那一堆剖白的话后，两人都陷入了沉默。

不知道章见叶在想些什么，鱼歌倒是回想起了一桩旧事。

高中那会儿，除了鱼歌外，还有一个高二年级的女生也喜欢池川白喜欢得紧。暗恋池川白的人多了去了，但鱼歌却偏偏对此人印象深刻。

那女生看鱼歌天天缠在池川白身边，而池川白并没有表现出多大的反感，便也学着她的套路去堵池川白。

那几日恰好鱼歌生病了，请假没去上课。

种种过程还是陈以期转述给她听的。

"你是不知道池川白的脸色有多难看，特别直接地跟她说不喜欢她，让她别白费工夫了。"

"他不是也拒绝过我很多次吗？亏得我脸皮厚才挺住了。"鱼歌毫不在意地说。

陈以期立马反驳："那可不同，池川白虽然的确拒绝了你，但从来没说过不喜欢你不是吗？"

鱼歌一愣。

对，仔细想想，当初池川白是怎么拒绝来着？

他只是神色淡淡地说："你整日里在胡思乱想什么？""现在不是说这些的时候。""你能把你这些乱七八糟的念头放在学习上吗？你还想不想考上警校？"

……

或许从那个时候起，池川白就已经潜意识将鱼歌与其他女生区别开了。

鱼歌在黑暗中看向章见叶的位置。

那她呢？

对池川白而言，她又是怎样的存在？

她又是凭着什么样的信念追逐在池川白身后？

房门被强硬地推开，强烈的光线照射进来，鱼歌和章见叶不自觉地眯起眼睛。

下一个瞬间，鱼歌便闻到了一股浓重的烟味，非常刺鼻。

她不适地皱眉咳嗽了几声。

进屋的那人慢悠悠地停在两人面前，他声音有些嘶哑："哟，都醒了？"

这个声音鱼歌印象非常深刻，赫然就是电话里声称池川白已死的那人。

鱼歌倏地抬眼望向声音的主人。

很可惜，他戴着黑色面罩，穿着黑色的夹克，只有一双阴郁的眼睛露在外面。

他像毒蛇一样居高临下地盯住鱼歌，喉咙里发出嘶哑破碎的笑声。

"收到我的生日祝福了吗？"

"你是指墙上的字迹吗，黑哥？"鱼歌不甘示弱地回视他，诚恳地答，"恕我直言，字太丑，实在算不上让人开心的生日祝福。"

黑哥眼神更加森冷，他好像很不满鱼歌说话的口气，静了好一会儿才说："别给脸不要脸。"

鱼歌撇嘴，不再说话，现在激怒他并不是什么好事。

章见叶讽刺地笑一声："不敢以真面目示人的小人。"

黑哥的眼睛危险地一眯，利剑般地刺向章见叶："你说什么？"

章见叶昂起头，一想到哥哥，眼睛里就忍不住露出鄙夷和愤恨的神情："你以为我不知道你长什么样吗？早在你杀害我哥哥的时候，你的照片就已经传遍整个锦和市了！你现在假惺惺蒙着脸做什么缩头乌龟？！"

　　黑哥嘴角边浮起血腥的笑，他两步跨过去一把抓住章见叶的头发狠狠往后扯："怎么，你想玩什么花招？"

　　"你相继绑架我们两个，不会是想让池川白玩二选一的无趣把戏吧！"鱼歌骤然抬高声音发问，打断了黑哥的动作。

　　"让他救走一个，然后把另一个杀掉，让他愧疚一辈子？你应该没这么幼稚吧？"

　　黑哥一愣，倏尔大笑起来，笑了好一会儿才顿住，他漆黑的眼睛饶有兴致地盯住鱼歌："小姑娘你真有意思……你是看俗套电视剧看多了吧？怎么会有这么古怪的想法？"

　　他嗓音骤然压低，一个手刀劈在章见叶的脖颈上，猝不及防的章见叶瞬间陷入昏迷。

　　"你凭什么觉得我会让你们其中一个活下来？"

　　3.

　　听到小绿被抓捕的消息后，顾烁拍手称快，直言恨不得拖着一条伤腿，冲去银星市公安分局看他的笑话。

　　告诉他消息的警察认真地说："不用着急，池警官已经说了让我带你过去。"

　　顾烁一愣，笑容讪讪："别了，我开玩笑的警官，你看我现在行动多不方便啊……要不咱们改天？"

　　真过去了那得多尴尬啊，打不过人家就报警求助这种行为说出去也太没面子了。

　　"被抓捕的嫌犯不肯透露重要线索，只说要见你。"那警察严肃地说。

顾烁："……"我能拒绝吗……

小绿刚从小卖部里买完东西出来，就被蹲守在一旁的便衣警察扑个正着，他的真实身份早已不是什么秘密。

他此刻心情很是郁闷，但还是什么都不肯透露。

嘴巴硬得很。

小吴这回跟着池川白一块来了银星市公安分局。

他偷偷斜眼观察池川白的神色：池警官表面上看起来和平时一样，看似没什么表情，却莫名让人有些不寒而栗。

他从第三起枪杀案死者的家中出来后，就一直是这种状态。

通过这几年对池川白的了解，小吴暗地里得出结论：池警官现在心情很糟糕，已经处于爆发的边缘了。

池川白像一尊静默的雕像，面无表情地透过玻璃盯着审讯室里垂头丧气的小绿。他的手指有一下没一下地叩在手机屏幕上，似乎在等待些什么。

早些时候，池川白在给鱼歌拨打了无数个电话后，终于被那头接起。

"池警官真是不死心啊。"那个声音带着嘶哑调笑道，"这个叫鱼歌的小姑娘到底是你什么人？你这么紧张她？"

"孔潘。"池川白沉默了片刻，静静地叫出黑哥的真实名字，"我劝你最好不要动什么不好的念头。"

　　黑哥静了一瞬才笑着说："你不想救那个姓章的小女警了？那晚看你独身来找她，我还以为总算被我抓到了你的软肋……怎么？池警官几年不见花心了不少啊！"

　　池川白脸色冰冷："你要报复我尽管来，没必要扯上旁人。"

　　黑哥笑一笑："我本来也没想扯上她们……可谁让我那晚没一枪击毙你呢？"

　　"我知道你们已经获得了小绿犯案的线索……那孩子做事虽狠辣却未免过于毛躁，你们把他抓了吧，不用顾忌我。"黑哥笑得肆意。

　　尽心为他卖力的人，却在他眼中可有可无。

　　"我会逮捕他，也包括你，孔潘。"池川白寒声说。

　　黑哥不以为意。

　　"那小姑娘好像醒过来了，"黑哥嘶哑的嗓音放低，"我先去替你看看她……放心，我会再联系你的，池警官。"

　　他快速地摁断了电话。

　　在通话的这会工夫里，池川白早已当机立断，示意网警追查来电信号的具体位置，他挂断电话的那一刻，地址刚好清晰地呈现在电脑屏幕上。

　　等了又等，安排去接顾烁的警察终于推着顾烁的轮椅走了进来。

　　顾烁脸色很不好看，嘟囔着说自己不想和那个险些杀死自己的人说话。

　　池川白并不在乎他怎么想，沉着脸安排人带他进去和小绿交谈。

　　"有什么新的发现随时通知我。"池川白仔细叮嘱在一旁查看审讯室监控的警察们。

他低头看一眼手中振动的手机，鱼歌的号码在屏幕上闪烁。

"喂。"池川白快走几步接通电话。

那头安静了一会儿，传来一个又惊又喜的女声："川白？果真是你！"她呼吸有些急促，顿了几秒才说，"你会来救我的对不对？"

池川白抿唇，眸色幽暗一片："章见叶……你在哪里？"

4.

章见叶已经被黑哥带出去有一阵了。

房间里静悄悄的一片黑暗。

鱼歌吐出一口气，靠着墙壁缓缓站起来，用头去触碰之前看到的电源开关。

电灯扑哧几下亮了起来。

她活动了下手腕，慢慢地挪过去，背过身去开房门——之前黑哥出去时并没有将门反锁。

门很轻易就被打开了，客厅里并没有人。

空气中还残留着浓郁的烟味，有些莫名其妙的燥热，地板上甚至还散落着乱七八糟的空饭盒。

气氛安静得可怕。

不经意地一转身，鱼歌的瞳孔蓦然扩大，她紧紧盯住厨房那边快速蔓延过来的火光说不出话来。

"池警官！灭火的消防官兵马上就过来了，您先别着急……"穿着防弹服的警察手忙脚乱地拦住往楼上冲的池川白。

"你让开！"

池川白脸色铁青得可怕，他从章见叶口中确定了鱼歌没有和她在一起，手机信号最后的地址显示着，她现在极有可能就在着火的房内！他看一眼冒着黑烟的窗口，不再多说，径直拿过浸湿的毛巾，强硬地推开碍眼的警察，捂住口鼻就上了楼梯。

那穿着防弹服的警察还在后头焦虑不安地说："池警官，楼上还没有排除潜在威胁……哎呀！"他咬牙，招呼着几个持枪的警察一起跟了上去。

"咳咳……"

鱼歌被这股黑烟熏得眼睛通红，脑子也昏昏沉沉的。她的手脚被紧紧捆住，根本挣脱不了。出于求生的本能，她匍匐着身子努力挪到离自己最近的窗边，企图砸开玻璃跳下去。

但火势很快蔓延到了客厅，轻薄的窗帘很快被点燃，又把鱼歌生生逼退。

她几乎要绝望了。

她的思绪有些飘忽，在这个瞬间，她一一想起了温柔的妈妈、想起了不苟言笑的爸爸，想起了高三那年沉默寡言的池川白，想起他在自己耳边轻声说的那句："等我回来。"

她的嘴角蓦然一弯。

川白，我怕是等不到了。

真可惜。

因为我的任性和赌气，还没来得及好好认识现在这个更加优秀的你。

鱼歌的眼皮渐渐沉重，隐约间她好像听到砸门声。

不多时，无坚不摧的门被狠狠撞开，一个身影跑至鱼歌面前，焦急地说着些什么。

鱼歌听不清他在说些什么，甚至看不清他的样子，只能感觉到那人轻柔地将自己揽在怀里，冰凉的毛巾覆在了自己的脸上。

她嘴巴轻轻一掀，含糊地吐出两个字，然后彻底昏了过去。

川白……

"池警官您没事吧……您的伤口在流血！"之前的枪伤又一次裂开，鲜红的血染红了他的半边肩膀，他裸露在外的手臂也能看出烧灼的痕迹来。

"没关系。"

池川白将鱼歌小心翼翼地放在担架上，一边替她解开绳子，一边和旁边的医护人员说："她吸入了大量浓烟，先给她看吧。"

直到她安安稳稳地上了救护车，池川白才疲惫地舒了一口气。

他从口袋里接起不停振动着的电话，语气不自觉放松了许多。

"怎么样？章警官救下了吗？"

那头老半天没有说话，只能听到渐行渐远的火车轰鸣声。

静默良久，那头才干涩地说："池警官……抱歉，我们没能救下章警官……"

第十六章——

倘若让我再选择一次，
我还是会选择来救你。

1.

黑哥逃脱了。

在得知手机信号的线索后，池川白便安排了人团团围住那栋楼，但一是忌讳黑哥手中有枪，二是这一块又是人口密集的居民区，在场指导的经验丰富的警官选择了暂时按兵不动。可即便在这种密不透风的情况下，黑哥还是消失得无影无踪，甚至将章见叶带了出去。

黑哥将章见叶独自扔在铁轨上，将手机也丢给她任由她拨通电话求救。

但是为时已晚，救援人员动作再快也快不过疾驰的火车。

孔潘好狠的心！

他将两人都置于命悬一线的境地，根本不想借此机会杀死池川白，只是想通过伤害池川白身边的人的方式，让池川白痛苦罢了！

一夜过去了。

小吴推开池川白的办公室门时，猝不及防闻到了一股呛人的烟味，同时白色的烟雾瞬间蒙住了他眼睛。小吴挥挥手咳嗽几声："咳咳，池警官您不是戒烟了吗？"

池川白的脸色明显比昨天解救人质时更加憔悴，眼底的倦意怎么也掩饰不住，他的桌前散乱地摊着关于连环案的全部资料。

池川白垂头掐掉手指间的烟蒂，淡淡地说："我没抽。"

只不过是燃着它，提醒一下自己，因为不够谨慎，导致鱼歌陷入那样危险的境地；因为不够谨慎，导致多年的好搭档惨遭毒手。

小吴有些担心他的身体状况："池警官要不您休息一会儿吧，等搜寻小组的人回来了我再第一时间通知您……"

池川白捏一捏眉心，丢开手中拿了一夜的资料，冷冷淡淡地说："不用，以他目前安然逃脱高度兴奋的状态，一定会继续作案，我们不能干等第四起案子第四个死者的出现，不能坐以待毙，现在查得怎么样了？"

小吴无可奈何地叹了口气："池警官您已经做得很好了啊……"

他明白，池警官是在自责；自责自己辜负了一份沉甸甸的信任。

2.

鱼歌清醒过来的时候，病房里一个人都没有，到处冷冷清清的。

她独自等了好一阵门外才传来窸窸窣窣的声音，是钟微微推开门走了进来。

她看见鱼歌已经坐起身了，赶紧走过去："你醒啦？感觉怎么样？饿不饿？你都睡了两天了，我们都担心死了……哎，都怪我，都怪我，不该盲目信任别人，要是那会儿我没有回去该多好，你也不至于被绑架……"

鱼歌摇摇头，制止了她的胡思乱想。

她嗓音被烟熏得有些哑，咳嗽了几声，径直问钟微微："章见叶的病房在哪里？她救出来了没有？"

她在昏昏沉沉火光滔天的噩梦中，脑子里总是回荡着黑哥那句话："你凭什么觉得我会让你们其中一个活下来？"

黑哥到底带章见叶去了哪里？

钟微微一愣，别开眼吞吞吐吐："我、我不知道呀。"

鱼歌抿着唇看她，脸色越发白得厉害，她见钟微微躲避不答，掀起被子低头寻鞋子："那我自己去问问看。"

钟微微急了，赶紧拦她："哎，鱼歌！"

"你在做什么？"

一个夹杂着怒气的声音打断了两人的动作。

钟微微瞠目结舌地回头，看到来人后识趣地转身退出来。这两日，池川白总会时不时来看望熟睡中的鱼歌一番，他目光里的种种复杂情绪钟微微都看在了眼里。

池警官其实是喜欢鱼歌的吧？钟微微想。

"池警官您来啦，那鱼歌就交给您了，我先走了哈……"

池川白快走几步行至鱼歌床前，强行将她的肩膀按倒："身体虚弱成这样还不好好休息！"

"我已经休息够了！"鱼歌挣扎。

"在我看来并没有。"

"你怎么看关我什么事？"她忍不住就回呛他。

"好了，别耍小孩脾气了。"池川白无奈地一蹙眉头，额头靠着鱼歌的，眼睛定定看着她，轻声说，"别害怕了，我回来了。"

鱼歌眼睛蓦然一酸，撇嘴道："回来得真晚。"

"是，我回来得太晚了，是我不对。"池川白掀开鱼歌被子的一角，侧身躺了进去。他半合上眼，一脸深深的疲倦，"还好你没有事。"

鱼歌僵了僵，微微让开一些，让他躺得更舒服，然后轻声问："章见叶呢？"

池川白的眼睫颤了颤，声音里听不出情绪："她已经死了。"

鱼歌顿住，后背发凉。

"我不后悔，鱼歌。倘若让我再选择一次，我还是会选择来救你。"池川白眼睛也不睁，他在被子里紧紧攥住鱼歌的手。

像是在说服鱼歌，也像是在尽力说服自己。

鱼歌静静地注视着他离得很近的侧脸，他的脸色一片冰凉。

鱼歌明白过来。

章见叶的死就像一根拔不掉的刺，已经森冷地横在了她和池川白之间。

池川白口袋里的电话振动个不停，连躺在一旁的鱼歌都感觉到了，可池川白却一点反应也没有。

他不眠不休好几个夜晚，此刻睡得正沉。

鱼歌无法，只好探身去拿他口袋里的手机，还没摸索到正确的位置，却被他一把握住手腕，他的眼睛已经睁开，眼里神色晦暗难明：

"我自己来。"

鱼歌尴尬地收回手。

池川白翻身坐起来，淡然地接起电话："什么事？"

接完电话后，池川白回头望一眼鱼歌："我有点事要回趟分局。"

"嗯，你去吧。"

池川白俯身，冰凉的唇轻轻碰上鱼歌的额角："你好好休息。"

池川白走出病房门时，正好撞见坐在病房外椅子上的钟微微。

听见动静，钟微微手足无措地站起来："池警官您要走了呀。"

池川白颔首，顿在钟微微面前认真地说："多谢你这段时间对鱼歌的关照。"

钟微微害羞地笑一笑："鱼歌住院了，按理说我当然要来照顾她呀，把她交给我，池警官您就放一百个心吧。"

池川白嘴角勾起浅浅的弧度："我是说，谢谢你这几年对她的关照。"

在我不在的这几年里。

钟微微一愣，望着池川白的背影发了好一阵呆才推开门走进病房。

3.

池川白刚一踏进银星市公安分局，就听见里头传来的哭诉和争执声。

"我可怜的见叶啊……"

"当时早说了不让她当警察！现在好了吧，人都没了！落得跟她哥哥一样，还不是你天天跟她说让她早日抓出杀害她哥哥的凶手，让她报仇雪恨……"

"你还说这些风凉话！见叶这么倔还不是随了你！我可怜的女儿啊……"

……

池川白停在几步远的距离外，静静地看着会议室里鬓边花白的章见叶父母。他自然是认得章父的——省政府举足轻重的人物。

池川白因为业绩突出，曾受过他的当面赞扬。

在一旁陪着他们的小吴眼尖地看到了门外的池川白，招手喊他："池警官！"

章见叶的母亲循声看过去，她止住哭泣，踉踉跄跄跑过来扯住池川白的衣服，厉声问他："你就是池川白？我家见叶经常在我们面前念叨你的好……你说！你说你为什么不把她救出来？为什么？"

池川白垂下眼睛轻声说："抱歉。"

章见叶的父亲见到这一幕，终于抑制不住悲伤，掩面而泣。

章见叶的母亲还在讷讷说个不停："我家见叶这么好的一个姑娘……你说，你怎么忍心不把她救出来？你……你好狠的心啊……"

池川白默不作声，任由章见叶的母亲指责自己把自己的衣服扯得皱皱巴巴的。

小吴小跑过来帮忙，他拉开悲愤中的章见叶母亲帮池川白解释："阿姨您别激动，当时的情况比较复杂……池警官他、他安排了……"

"不要找借口了！"章见叶的母亲歇斯底里地大喊，"你们的人明明有时间的，为什么不早一点赶过去？为什么不拦着她，为什么让她大晚上出去？你说？为什么？我们就剩这么一个女儿了……"

　　"好了，好了，别再说了。"章见叶的父亲抹去眼泪，叹口气走过来搂住章母，"警官也是有难处的，你体谅体谅人家吧。"

　　"可是又有谁来体谅我们家见叶呢……"章母依旧愤恨地对池川白怒目而视，但碍不过章父的强硬动作，还是渐渐松开了他的衣服。

　　……

　　4.

　　办完所有的手续后，章见叶父母互相搀扶着离开了。

　　小吴望着他们伛偻的背影幽幽叹息："白发人送黑发人啊……可怜啊，可怜。"

　　池川白收回目光，低头理了理衣服上的褶皱，说："小绿那边怎么样了？"

　　小吴这才想起正事来，凝神答："多亏了顾烁那小子，他憋不住，已经和盘托出了。"

　　顾烁人虽然吊儿郎当的，但关键时候还是挺机灵的。

　　他对小绿好一番晓之以理动之以情和威逼利诱后，套出了黑哥一伙人的线索。

　　小吴毫不留情地戳穿他："你只是为了将功补过吧？"

　　顾烁抖抖伤腿，不屑地将瓜子壳吐在地上："笑话！像我这种根正苗红的好青年，犯得着将功补过吗？我这是替姐夫分忧，是吧，姐夫？"他沾沾自喜地转动轮椅，靠近坐在办公桌旁的池川白。

　　池川白盯着审讯室录下来的监控视频静默了片刻，这才移开视线淡淡地说："你就不担心替我分了忧，黑哥亲自来找你麻烦？"

顾烁脸色变了变，强笑几声："这不是有姐夫在吗，姐夫肯定会保护我的是不是？大不了我就天天待在分局里，不走了我……对了，我姐姐呢，怎么不见她来看望我？"

池川白不答他，伸手拿过小吴手里的一沓资料："说说你所了解的吧。"

据小绿透露，黑哥的队伍里果真有一名专门负责清理现场的女性角色，这和池川白之前的推测十分吻合。小绿称该女性为"红姐"，当晚正是他和红姐一同绑架了鱼歌。

"红姐可是个心狠手辣的角色，虽然我没见过，但之前倒是听小绿提起过，说她又变态又神经质，满嘴谎话最喜欢捉弄人。他们是个四人团伙，除开神出鬼没的二哥和不苟言笑的黑哥，就数她要求最多，天天浓妆艳抹趾高气扬的……"

小吴默默插话："一共四个人，排行第三有什么值得骄傲的……"

"你懂什么？"顾烁吐一口瓜子壳，"女人哪，发起疯来可不得了，任谁都要让她三分。"

……

池川白静静听完顾烁的长篇大论后，这才淡淡地说："记得把地面打扫干净。"然后出去了。

留下小吴和顾烁面面相觑。

"这可不是我吐的，你别看我！"

"……"

池川白双手插兜，伫立在银星市公安分局外的小巷里。

　　等了片刻，负责该系列案件的一个便衣警察急匆匆走了过来，环顾四周后严肃地对他说："已经核实了，发生在锦和市的枪杀案是黑哥组织里的二哥单独作案。"

　　"证据。"

　　便衣将一沓文件交到池川白手里："小绿说，他们每一个人都有各自代表的颜色，谁是执行者，就会给死者换上同色系的衣服……二哥，就是蓝色。第三起案发时，组织里的其余三人都留在了银星市，所以没来得及处理现场……我们的人去彻查了，他的确是第一起和第三起案件的执行者。"

第十七章——

我喜欢池川白，很喜欢，
依旧很喜欢。

1.

病房里。

鱼歌咬一口苹果，再瞥一眼面无表情低头处理苹果皮的容竣，终于忍不住开口："容竣？容医生？好不容易抽空来看我一趟，别不说话啊！"

容竣这才微怒地抬头责怪她："才几天不见，你怎么就弄成这副样子。"

容竣刚刚从锦和市办完事赶来银星市，就听钟微微说了鱼歌被绑架还险些丧命这回事，一向温和的他也不免有些失色。

鱼歌撇嘴，将苹果核丢在垃圾桶里，说："我这不是好好的吗……"看容竣脸色更差，她又赶紧补充，"这也不是我能控制的啊，至少现在没事就行，外面还有一堆警察守着呢……你就别担心了。"

容竣握水果刀的手紧了紧，沉声叮嘱她："不要和那些乱七八糟的人物打交道，免得引火上身。"

显而易见，他是指池川白。

毕竟黑哥那伙人的目标是池川白。

鱼歌沉默了一瞬才说："你了解我的，容竣，我不是轻易退缩的人。那伙人十恶不赦，理应受到惩罚。我是受害者，我有错吗？我是正义的那方，我有错吗？池川白抓捕他们，他又有错吗？"

容竣睫翼微微一颤，眼睛里藏着太多复杂的情绪："我没有说你错了……鱼歌，我只是担心你……"

担心那伙人会再次把你当作目标，担心你会再次遭遇不测。

他长舒一口气，咽下所有的话不欲再说。他将水果刀放置在床头柜上，在鱼歌的注视下站起身，勉强笑一笑："我去给你打水。"

刚走到门口，就和打算迈步进来的池川白打了个照面。

容竣脚步一顿："池警官。"

池川白神色不变，微微颔首："容医生。"然后径直走进来自然而亲昵地对鱼歌说话，"刚才在你这里睡一觉，精神果然好多了。"

容竣闻言脚步一乱，匆匆走了出去。

鱼歌脸一阵烧红，却不知该如何反驳，眼睛胡乱地瞟向窗外："你事情办完了？"

"嗯。"池川白靠近她，弯下腰双手去扯被子。

"真困。"

鱼歌怕他又躺上来，赶紧制止住他的动作："我们回去再睡。"

池川白动作顿了顿，这才将被子替她掖好。他的眼睛里浮现出笑意："好……在此之前，你可不要被房间的冷气给吹感冒了。"

鱼歌的脸烧得更厉害了，知道是自己误会了，赶紧推开池川白的手若无其事地翻白眼："我身体强壮着呢，马上就能出院了。"

"是是是，你马上就能出院了。"

"等会儿就出院。"

"其实你也不用这么急着睡的。"池川白眼里的笑意更浓。

鱼歌真怒了，红着脸不管不顾地起身打他："你说什么呢！池川白，我警告你，你别得寸进尺啊你！"

笑闹了好一阵，鱼歌的余光才注意到容峻已经站在了门口。

她停住动作，尴尬地抓一抓头发："啊，容峻。"却不知道该说什么好。

该如何解释自己现在和池川白的关系呢？

其实她自己也没想清楚，从原本的针锋相对到现在的温馨融洽，一切都这么自然而然且不受控制地发展着。

鱼歌唯一清楚的一点是：我喜欢池川白，很喜欢，依旧很喜欢。

我不敢确定这是不是爱，但至少我不想再掩饰，不想再抗拒，我想和他在一起，每年每月每日。

容峻倒是安抚地笑一笑，走进来将打好的一杯热水递给鱼歌："怕太烫，我给你凉了凉，现在温度应该刚刚好。"

池川白自然地接过水，客气地说："谢谢。"

容峻神色倏尔冷下来，他直直看了池川白好一会儿，才说："池警官你现在是什么意思，还嫌害鱼歌害得不够吗？真想让鱼歌落得和那位姓章的警官一样的下场吗？现在最好的做法难道不是你离她越远越好吗？"

接连的发问让池川白的动作一滞，容竣口中的话显然直击他的软肋。

"容竣！"鱼歌又惊又怒，不明白自己一向温和的好朋友怎么突然这么大火气。

池川白拉住鱼歌的手腕，示意她没事，这才转头冷声对容竣说："我和鱼歌如何选择是我们的事，好像还轮不到容医生来指指点点。如果以警察的身份还不能保护她，难不成医生就可以？容医生未免太过自信。"

"我们"这个词有些触痛他的神经，容竣脸色更加阴沉："总比危险的源头要稳妥得多。"

池川白嘴角一勾，将手中的水杯反复摩挲，声音冰凉："是吗？"
气氛一瞬间变得剑拔弩张。

病房里静了片刻。

鱼歌不耐烦地打断两人的交锋："你们两个有意思没意思？当我是易碎的玩具吗？急着替我做什么决定，我就这么容易被绑架这么容易死吗？好了，好了，别闹了，真幼稚！"

池川白眼神一柔，哭笑不得地捏了捏鱼歌的指尖。

容竣望着池川白的动作，一字一顿地说："既然池警官依旧坚持，那我就不多说什么了，只希望池警官不要辜负了这份信任，如若池警官害鱼歌出了什么差池，我……"

他停了两秒，侧头冲鱼歌勉力一笑："我还有事，就先走了，下次再来看你。"

"好吧。"

待容竣走后，池川白沉默了好一阵才捏着她的手指不咸不淡地问："他和你什么关系？怎么这么关心你？他有向你说过自己的事情吗？"

鱼歌疑惑地打量他："怎么，你在吃容竣的醋吗，池川白？哎呀别想多了，我们只是朋友而已，他也是关心则乱。"

池川白嘴角弯了弯，俯身摸了摸她的头发，眼睛幽深不知道在想些什么。

"只是好奇。"

容竣走出医院大门的时候已经是下午四五点了，太阳还没下山，天气还是有些燥热。他独自坐在车里沉着脸掏出手机快速拨打了一个电话，可是那头半天都没人接听，他脸色越发阴沉，思索了片刻，最终还是放弃，将手机丢至副驾驶，驱车绝尘而去。

2.

鱼歌很快就办理了出院手续。

按她的话来说就是："明明没什么大碍，却要一直闷在病房里，真是一秒钟都待不下去了。"

钟微微急切地试图阻止她："医院多安全啊，有监控有巡警，现在明明还是危险时期，指不定那个变态什么时候又跑出来犯案了？啊啊啊，仔细想一想真是太危险了……池警官您都不拦一拦她吗？"

池川白思忖了几秒，才舒展了眉头，答："随她开心吧，我住的那里也很安全。"

钟微微整个人呆滞："所以你们……这是同居了吗……"

回到警察宿舍放下行李，洗完澡后，鱼歌舒服地躺倒在池川白的床上翻来翻去："果然还是回家的感觉好啊！"

池川白失笑，促狭地看她："你才住了几天？这什么时候成你家了？"

话一说出口，鱼歌就自觉失言："我这不是顺口一说嘛。"躺着想了会儿，她又爬起来扬声问，"你的伤怎么样了？"

池川白正伏在书桌边写报告，他闻言轻笑一声："好久没管它了。"

鱼歌放心不下，又穿上拖鞋踢踢踏踏跑出卧室。

"给我看看。"

池川白听话地将上衣脱下。

肩头的伤口更加狰狞了，虽然看得出经过了医生细致地处理，但依旧没有好转的迹象。鱼歌眉头一蹙，埋怨他："怎么这么不知道照顾自己？"

池川白揽住鱼歌的腰，认真答："因为你不在。"

鱼歌嘴角一弯又放下，语气软下来，挨着池川白坐下看他写字："那从今天起，给我好好养伤！"

池川白含笑点点头。

看了没一会儿，鱼歌就觉得无聊了，打起哈欠来。

池川白停住笔，侧头看她："去睡吧，不早了。"

鱼歌摇头："我今天睡了一天了，现在不想睡，该是你去休息才对，你之前不是说困吗？"

池川白疲倦地捏一捏眉心说："说会儿话就不困了。"

鱼歌严肃地按住他的手："池川白，你老实说！"

"什么？"

池川白心不在焉地盯住她明亮的眼睛和一张一合的嘴唇，鼻尖萦绕的是她刚洗完澡后的馨香。

"你是不是好几天没睡了？案子是不是暂时没有进展？你不养精蓄锐，万一真出现紧急情况你体力跟不上，那岂不是就弄巧成拙了？"

池川白漫不经心地点头。

鱼歌接着说："你瞧啊，你不睡觉会造成多大的损失啊！你也认可我说的话对吧？所以你是不是该……"

"吻你。"

话音刚落，池川白已经低头毫不客气地咬住鱼歌的唇，冰凉的唇与她温软的唇相触，随即轻柔地撬开她的唇齿，好似要把这几年说不清道不明的情愫一一吞吃入腹。

鱼歌下意识想要推开他，手指却触到他的伤口，湿湿黏黏的触感让她的动作一顿，这才意识到池川白没有穿衣服……她的停顿引得池川白的动作更加深入。

"川白……"鱼歌含混不清地喊他的名字，她心里有些慌乱，同时还有一种莫名的甜丝丝缕缕地缠绕住她。

她从来没有和池川白有过这样的接触……

"嗯？"

过了好一阵，池川白才松开她，他呼吸有些喘，亲密地抵住她的额头定定看她："你想说什么？"

鱼歌脸色潮红，她憋了憋，才慢吞吞地说："你困不困？"

池川白笑了，神色暗晦暗不明："我很困。"

"那……"

池川白关掉桌前的台灯，淡定地揽着鱼歌站起身："我们去睡觉吧。"

当池川白已经进入梦乡时，鱼歌还睁着眼睛望着黑沉沉的天花板发呆。

旁边池川白的呼吸声很均匀，让她的心也渐渐安定下来。

他已经很久没有好好休息过了。

鱼歌拉开长袖睡衣，露出手腕上一道浅浅的勒痕，那是黑哥一伙人给她留下的。她就着月光静静看了会儿，不由自主地想起章见叶的脸庞，想起黑哥的声音，想起那个奇怪女人的表演欲，想起滔天火光……

她闭上眼睛。

好梦，池川白。

第十八章——

你什么时候变得这么无
赖了, 池川白?

1.

第二天天蒙蒙亮时, 池川白还没有醒来。

鱼歌迷迷糊糊睁开眼睛, 看到安静躺在一旁的池川白, 一时还没反应过来, 但脑子里突然就蹦出"岁月静好, 现世安稳"这样美好的字眼。

她撑着头认真注视着他的侧脸, 嘴角不知不觉就上扬起来, 如果往后的每一天都是这样, 那好像也不错。

真希望没有那么多乱七八糟的案子来打扰他。

但事与愿违, 池川白手机的振动声刺耳地划破了这片宁静。池川白眉头微微蹙起, 半合的眼睛倏然睁开, 正好和鱼歌对上, 毫无情绪地对视了好几秒, 他漆黑的眼里才漾起笑意。

"早。"微微沙哑的嗓音意外的性感又撩人。

鱼歌心头微震，又酸又麻地别开眼嫌弃他："懒猪。"

池川白捏一捏她的手心，探身拿起手机，盯着上面跳动的数字微怔了几秒才接通，简短地说了几句，挂掉电话后，鱼歌问："怎么了？你要去工作了吗？"

池川白重新躺下，长臂一伸揽住鱼歌的肩膀又合上眼，这才答："没事，还可以休息会儿。"

鱼歌将信将疑："今天这么闲？"

池川白笑："陪你不好吗？"

鱼歌感觉不太对劲，一骨碌爬起来："那你好好休息，我已经翘了好几天班了，今天要去学校上课。"

"不许去。"池川白眼睛也不睁，强硬地拉着鱼歌躺下。

鱼歌试图挣扎却怕碰到他的伤口，遂闷闷不乐道："你什么时候变得这么无赖了，池川白？工作重要还是……"

"你重要。"池川白手背盖住眼睛，镇定自若地说。

鱼歌不说话了，眼珠子转来转去，任由池川白的手指在她的发间绕来绕去。

想了一阵，她主动凑过去亲了亲池川白的脸颊，柔声说："好啦，我真要去上班了，你也有要紧事的对不对？你别耍小孩子脾气啊，赖床可不是好习惯。"

池川白轻笑一声，眼皮掀开定定望着她："不够。"

"什么不够？"

鱼歌探过半边身子试图去拿池川白那边床头柜的手机——她已经注意很久了，自己手机的指示灯闪个不停，估计是钟微微在催问她什么时候返校。

指尖刚刚挨到手机边，突然觉得天旋地转，她还没反应过来，就被池川白瞬间压在了身下。

池川白眼睛漆黑，贴着她的耳畔说："我说不够，鱼歌。"

然后欺身深深地吻住她。

唇齿交缠。

不知过了多久，池川白才松开她的唇，埋首在她的发间蹭着她的脖颈喃喃："还是不够。"

他的呼吸弄得她有些痒，鱼歌被他撩拨得脸红心跳，却又有些舍不得推开他，只好喃喃地喊他的名字。

"川白……"

"嗯？"

"川白川白……"

"嗯，好了。"

池川白压抑地亲一亲鱼歌的额头，放开她，自己也站起身穿衣服："刚才是省公安局局长的电话，两小时后我要回一趟锦和市，可能得待上几天，你要不要和我一起？"

鱼歌一愣，下意识地摇头："不了，我要去上课。"

池川白似笑非笑地瞥鱼歌一眼，径自拿起鱼歌的手机，扫一眼短信，给钟微微回了电话过去，没说几句，池川白就将手机递到鱼歌面前："你这几天不用去了。"

鱼歌惊讶地接过手机。

那头钟微微还在叽叽喳喳说个没完："鱼歌鱼歌，你真和池警官同居了呀？上课的事情别担心了，我之前发短信找你就是想说，学校新招了几个实习老师，你就好好休养一阵吧。等这起案子尘埃落定了再过来上课也不迟，毕竟安全最重要嘛……哎，不用太感谢我，你们两个好好过二人世界哈。"

鱼歌："……"

挂掉电话后，池川白已经换好了衣服，他甚至还淡定地催促鱼歌："快点收拾东西。"

"池川白！"鱼歌有些恼怒。

池川白身姿挺拔地倚在门上抬眼看她："什么？"

初晨的阳光在他身上镀上一层金边，说不出的温柔帅气。

鱼歌的喉咙堵了堵，埋怨的话也说不出口了，她才不想承认自己在这个瞬间被美色给诱惑了。

"干吗非要让我过去？我一个人在警察宿舍也挺好挺安全的啊。"

池川白嘴角一弯，眼神温柔地答："怕你乱跑，又丢了。"

怕再出现那样的事故，怕来不及……

像来不及救章见叶那样。

"我又不是小孩子。"鱼歌掀开被子起身。

"还不快把你这堆文件从我的行李箱上移开！"

2.

就这样，两人坐上了去锦和市的飞机，哦，还有一个小吴。

"真奇怪啊，黑哥一伙人最近居然一直没有犯案，这不合常理啊！难道是他们团伙内部成员闹掰了？"小吴不识时务地插话进来，他抓耳挠腮，百思不得其解。

"你很希望他们犯案啊？"鱼歌咬着池川白递给她的水果，和小吴搭话。

小吴诚恳地摇头："没有啊，我只是好奇……你说在这种抓捕嫌犯的紧要关头，局长怎么就突然叫我们返回……"

坐在两人中间的池川白咳嗽了一声。

小吴一抖，正襟危坐地咽了咽口水，戴上眼罩准备睡觉，不再和鱼歌说话。

他脑子里突然想起第一次见到鱼歌时的场景，那时候她独自一人来公安局找池警官，两个人的表情跟见到仇人似的，现在却亲密地坐在一块……真是世事无常啊……

鱼歌莫名其妙："继续说呀。"

池川白漫不经心地接过话头："总之你安心待在我身边就好。"

两人相握的掌心很温暖，但他的眉眼间却浸着很深的寒意："别担心，他们的身份和踪迹我方已经掌握得差不多了，很快就能将其一举抓获。"

到达锦和市后，三人马不停蹄地赶到了省公安局。

池川白和小吴进去谈事情了，鱼歌便拿着行李在外面等。等了好一阵后，一个样子沉稳的女警官走过来和她搭话："是鱼小姐吗，池警官还要好一会儿才能忙完，他让我先带你去住宿的地方安顿。"

鱼歌不说话盯着她。

那女警官愣了愣，心思敏捷地反应过来，她脸色不太好看地掏出警官证给鱼歌看："鱼小姐你别误会，如果你不信任我的话，可以打电话给池警官求证，我没有恶意的。"

鱼歌抿唇笑了笑："那谢谢你了。"

　　那女警官驱车将鱼歌带到了公安局不远处的一栋公寓前，将池川白的公寓钥匙递给她，语气却有些带刺："池警官一个人不容易……现在看到有你在，我们也就放心多了。"

　　看到鱼歌疑惑的眼神，那女警官又补充："之前还有章警官……现在章警官不在了，我们还以为池警官会就此消沉下去……他毕竟是我们省刑侦总队数一数二的刑警，我们平时也经常受到他的照应，自然希望他私底下过得好，想必鱼小姐能替章警官照顾好他。"

　　鱼歌心里有些不是滋味，不单单是因为省公安局的人都潜移默化地将池川白和章见叶看作一对，更是因为他们在池川白身上寄托的希望。

　　希望越大，责任也就越大。

　　她接过钥匙淡淡地说："他不是感情用事的人，放心。"

　　鱼歌打开池川白公寓里的灯。

　　这里和银星市公安分局的警察宿舍完全不同，这里是池川白的新家，住了好几年的家。

　　但很显然，他到处奔波，极少住在这里。到处蒙着灰尘，房间里还散落着不知道什么时候丢掉的烟蒂。

　　看得出他这几年的确有很大的烟瘾，也不知道最近是怎么忍住的……

　　鱼歌哭笑不得，但还是仔细帮池川白打扫了一番，一边打扫，她还一边思索着，自己现在和池川白到底是什么样的关系呢？情侣？老同学？好像并没有实实在在地确认过。

池川白又会怎样和他同事介绍自己呢？

想来想去都没有答案，她只好暂时搁置一边，下次再问他。

因为不知道池川白什么时候才会忙完，鱼歌洗漱完毕后，在客房铺好床就躺下休息了。

3.

省公安局里依然灯火通明。

局长烦躁地在会议室里踱着步子，最近群众的施压非常厉害，虽说省公安局和银星市公安分局两边齐头并进，掌握了包括黑哥红姐的真实身份和住址在内的许多线索，但目前缺的，是时机。

一个一举抓获黑哥团伙，在对方持有武器的情况下，尽最大程度减少伤亡，不留后患的时机。

池川白捏着一封今晨收到的匿名信沉思了许久，这也是局长急召池川白返回的缘由。信上写着一名锦和市女性教师的身份和住址，不久前该女性也曾报警声称遭人跟踪，虽然目前已经安排了人员贴身保护，但无奈报案人太多，警方人手有限，极容易出现纰漏。

信件的落款处还写着时间——9月27日晚，赫然就是明天。

看似只是一封普通的人物介绍信，但巧的是，该人物非常符合黑哥选定的目标。按时间推算，离第三起案子过去好几日了，黑哥一伙人怎会甘心自此销声匿迹。

"你怎么看？"局长发问，好几个同事也将视线投向池川白。

其实大家心中隐隐都有答案。

池川白轻轻笑了一声，手指有节奏地敲打着桌面若有所思道："或许，他们团伙真的闹掰了。"

已经是凌晨两三点了。

池川白返回了公寓，屋子里干净得不可思议，角落里摆放着鱼歌的行李箱，厨房那边隐隐传来食物的香味，中央空调正在不停歇地吹着令人舒服的冷气。

再过一个小时他还要返回公安局，局里还有许多工作要安排，让他耗时耗力往返的理由只有一个。

他轻轻推开客房的门，鱼歌蜷在床上，睡得正香甜。

池川白慢慢笑了。

他动作小心地弯腰捞起鱼歌——客房之前从没有人住过，就算铺了新床单，也保不准会有虫子从角落里爬出来。

在将她轻柔地放置在主卧的床上时，鱼歌在睡梦中不适地皱了皱眉，喃喃着喊了一句："川白……"

"嗯？"池川白替她盖上被子。

鱼歌没有再说话，好像只是无意中说了一句梦话，她翻个身，头在枕头上蹭了蹭就再度安然睡了过去。

池川白哑然失笑，独自在床边注视着她静坐了一会儿。

这间空荡荡的房子，好像因为鱼歌的出现，突然有了生气。

无数个枯燥乏味、凉风呼啸着穿过心脏的漫漫长夜，终于成为过去式。所有的奔波劳累好像突然找到了为之努力的方向，不，应该说他终于明白了这几年究竟是为何而奔波。

——在每个夜深人静打开门时，能看到你安静的睡颜。

池川白微微俯身，轻柔地吻在鱼歌的眼睑上。

第十九章——

于我池川白而言，此生挚爱的只此一人，从未变过。

1.

"我很喜欢他，你应该看出来了吧？"

······

"······我这几天想得非常清楚，我想活下去，想继续待在他身边，就算只是普通同事也没关系，我不会放弃······"

章见叶的脸在黑暗中若隐若现，带着诡谲的笑容，一寸寸地逼近鱼歌。

"我这么爱他，他为什么不来救我？为什么？"

······

鱼歌冷汗涔涔地睁开眼睛，章见叶的脸消失了，映在眼前的是陌生的天花板。

她花了几秒钟才意识到自己此刻是在池川白的家里，不是冰冷的病房也不是窄小的临时宿舍，更不是那个黑漆漆的房间。

池川白安排完任务，趁着一点点休息时间给鱼歌打了个电话。

那头接得很快："喂，川白？"

池川白嘴角一抿，眼神放柔，用空闲的手掀开小吴带给他的馄饨，浓郁的香味散发出来："吃早饭了吗？"

鱼歌捏住被子的手紧了紧："嗯……还没呢。"

"还没起床？"

鱼歌不好意思地应了一声，含糊地问他："你昨晚回来了，是不是？你什么时候回来的？我说怎么一醒来就移位置了。"

池川白笑了笑，夹起一只馄饨仔细端详："懒猪。"

宠溺的语气让鱼歌的脸腾地一热，她眨了眨眼睛，语气有些干涩："你是不是还在局里忙？"

"嗯？"

"我能不能过来找你？"鱼歌慢吞吞地说。

"怎么了？"

鱼歌拿被子捂住头，闷着声音说话，好像这样就能掩饰住她的害羞："想见你了呗……谁让你昨晚回来不喊醒我……我都没有见着你。"

池川白动作一顿嘴角弯起，他扫一眼时间，快速地在心里衡量了一番，这才温声说："好，我安排人过去接你。"

挂掉电话后，他喊一声在外头张罗着大家吃早饭的小吴："小吴，再去准备一碗馄饨，不要放辣椒。"

鱼歌赶到省公安局时，小吴正好买着热腾腾的馄饨进来。

"喏，池警官让我给你带的，快趁热吃吧。"小吴说。

"池川白人呢？"

"今晚有大事发生，池警官正忙着呢……你有急事找他啊？"小吴心情郁结，到这种抓捕嫌犯的紧要关头，他却只能在一旁管理大家的伙食，不能冲锋陷阵，实在有些让人沮丧。

鱼歌摇摇头，低头自顾自地吃馄饨。

她只是不想一个人待在池川白的屋子里，她只是害怕再次梦见章见叶的脸，害怕章见叶指责自己自私地贪恋池川白怀抱的温度。

鱼歌你为什么要害怕呢？你不是一向自诩勇敢又坚强的吗？

不，不应该是害怕。

你明知道自己和池川白没有对不起她什么，所以那种情绪应该称其为愧疚。

章见叶那么喜欢池川白，也那么信任他。

或许鱼歌和池川白都应该被迫背负着这种愧疚。

不管他们愿不愿意。

2.

小吴给鱼歌找了间空闲的办公室休息，自己就去忙了。

时间过得很快，眨眼间又到深夜了，中途小吴进来过几次，给她送饭送各种吃食，但池川白一直没有出现。

直到外面突然传来急促的脚步声和密切的谈话声，还有人在大声嚷嚷着某某警官受伤了。鱼歌心脏漏跳了一拍，关掉电脑上播放的视频跑出去张望。

外头穿着防弹服的警察很多，大家脸上带着兴奋的神情在不停讨论些什么，人群中间那个最显眼的、笑容淡淡的人，赫然就是池川白。

鱼歌胸腔里的心脏开始剧烈跳动起来。

他脸上有细微的伤痕，衣服也有些破损，看得出刚刚经历了一场凶险的恶斗，但整个人还是英俊得不像话。

那是我的川白。

池川白也看见了鱼歌。

他眉眼定定地望着她，径直走过来搂住她，然后强势地低头吻住她。

鱼歌一怔，身子僵住。

周围兴奋的警察们开始起哄，好奇又友善地打量她，还有人问："池警官这是谁啊？不给咱大伙介绍介绍？"

池川白松开她的唇，手却揽得更紧："女朋友。"

鱼歌心怦怦直跳，脸微红，面上却毫不露怯。

"大家好，我叫鱼歌。"

昨晚那个送鱼歌的女警官也在人群中，她看不惯地呛了一句："池警官这么快就忘了朝夕相处的章警官了呀，要是章警官知道该多难过……"

人群安静下来。

鱼歌脸色一变正欲反驳，池川白却按住她，正色道："章警官与我一直只是同事，我相信章警官也并不愿意听到这种毫无根据的流言蜚语。"他把目光转向鱼歌，眼神缱绻温柔，"于我池川白而言，此生挚爱的只此一人，从未变过。"

像是当着众人的面澄清过去，许诺未来。

鱼歌怔怔望着他，懒得再顾忌其他人的反应，心脏突然就软得一塌糊涂。

"满意了吗？"池川白亲昵地捏一捏鱼歌的鼻尖，拥着她重新返回了那间办公室，坐在沙发上。

"你怎么突然跟大家介绍起我来了？"鱼歌好奇地问。

池川白似笑非笑："昨晚不知道是谁在说梦话，怪我不解释清楚她的身份，怪我任由其他人误会……"

所以才这么光明正大地当众表白宣誓主权吗……

鱼歌又羞又恼："我哪里说梦话了？你胡说八道！"

池川白笑："是，我胡说八道。"

鱼歌想了想又忍不住问："我还说什么了？"

"你还说'池川白，我好喜欢你'。"池川白一本正经地说。

"胡说八道！才没有，才没有，肯定没有！"鱼歌捂住脸在池川白怀里乱动，"池川白你越来越学坏了！我才不会说这种话！"

"好了,好了。"池川白按住她的动作,眸色幽深,"是我胡编滥造,你别乱动。"

鱼歌僵住，待池川白气息平稳了才摸着他蹭伤的脸嘟囔："我什么时候承认是你女朋友了？你都没有正式跟我告白过，我要特别浪漫的那种。"

"就在刚才。"池川白顺势蹭着她柔软的手心。

"那不算！你别想蒙混过关。"鱼歌哼了一声。

池川白揽住她的腰肢一寸寸收紧："好，不蒙混过关。"

"特别浪漫的那种，记住啊，不浪漫我可不答应。"

"嗯，特别浪漫。"

两人又说了一会儿话后，池川白突然若无其事地说："我想抽烟。"

鱼歌瞪大眼睛，有些怀疑自己的耳朵："你不是戒了吗？你烟瘾很大？"

"哪那么容易戒掉。"

鱼歌有些生气，推开他的胸膛："不许，你忘了我最讨厌烟味了吗？"

池川白笑了笑，凑过去蹭了蹭鱼歌的鼻尖，声音暗哑："或许可以找个替代品。"

……

3.

小吴大大咧咧地推开门进来，恰好就撞见了这亲密的一幕，他赶紧捂住眼睛："啊，抱歉池警官，非礼勿视，非礼勿视！"

池川白淡定地放开鱼歌，问："什么事？"

小吴这才想起正事来，肃声道："哦，红姐……啊，不对，秦绯绯要求见鱼小姐。"

"她想见我就见啊，我还不想见她呢！"鱼歌不满地跟在池川白身后踩着脚步。

池川白和小吴说话的声音一顿，侧头含笑朝她伸手："她不会再有机会伤害你。"

　　鱼歌上前一步牵住他的手，逞强说："我才不是怕她。"

　　池川白笑了笑，紧紧握住鱼歌的手："是，你只是懒得和她计较。"他指了指监控室耐心叮嘱她，"我等会儿就在旁边屋子里，你随便和她聊几句就出来。要是发现什么不对就喊人，监控里都能看到能听到。"

　　鱼歌点头。

　　小吴简直没眼看没耳听了，恨不能找条地缝钻进去。

　　想不到平日里清心寡欲的池警官谈起恋爱来居然是这样的。

　　真是甜死人，羡慕死人哪。

　　红姐已经百无聊赖地等了很久了，她穿着一袭红色的裙子，妖媚又风情。

　　鱼歌在警察的指引下走进去，谨慎地看着她："你想说什么？"

　　红姐双手交叠，望着鱼歌幽幽叹口气："当初早该一枪结果了你……黑哥的手段实在太温柔，跟蓝哥根本比不得。"

　　鱼歌直翻白眼，坐在她对面："你就是想跟我说你的后悔？"

　　红姐诡秘一笑，涂着鲜红指甲油的手指捂住唇，森冷的手铐磕在她的脖颈上："当然不是，你是在小瞧我吗？"

　　"你都被抓了，实在让我高看不起啊。"鱼歌说。

　　红姐一点也不生气："被抓就被抓呗，我又没杀过人，不过是换了个地方住。"她突然凑近鱼歌兴致盎然地说，"说起来，我这两天调查过你。"

　　"哦？你发现了什么惊天大秘密吗？"鱼歌波澜不惊。

　　"是的呢。"红姐娇羞地捂住脸笑，"或许，对你而言这的确算得上是惊天大秘密。"她无声地做着口型：你想不想知道呢？

　　另一边的气氛迥然不同。

　　黑哥颓然地瘫坐在椅子上，嘶哑的嗓子里发出破碎的笑声："嗬……可笑……"原来被伙伴背叛的滋味是这样。

　　池川白静静地注视着他，隔了半晌才问："你没有别的话想说了吗？"

　　黑哥嘲讽地扫一眼池川白，不欲说话。

　　池川白毫不在意地起身，双手插兜："那算了。"

　　直到他走至门口，黑哥才喊住他，声音颤动含着满腔恨意："抓住他！只要你抓住他，我们之间的恩怨一笔勾销！"

　　"谁？"

　　"我们称他为'蓝'。嗬……真可笑……我居然会信任一个来历不明，不知道名字和长相的人……"黑哥的手攥成拳头，脸颊的旧伤因为森冷的笑容显得更加狰狞，"他犯过不少案，但死者多被认定为自然死亡……嗬，要不是能力突出我也不会花钱喊他加入。"

　　"你怎么知道他的？"

　　"道上自然有道上的手段。"

　　"你没见过他？"

　　黑哥自嘲地否认："第一起案子他负责杀人，我的人在他走后负责善后……第三起是我安排他单独干的。"

　　"你知道他之前犯过的案子？"

　　黑哥嗤笑一声："那个姓鱼的小姑娘的妈，不就是他收钱干的第一起？"

池川白眸光倏然一缩，语气冰凉："你还知道什么？"

……

池川白推开门出来的时候，鱼歌正好也从关押红姐的房间里走出来，她神情有些恍惚。

池川白几步过去搂住她："怎么谈了这么久？"

"她说要告诉我个秘密。"鱼歌强笑着说。

池川白面上不动声色，嗓音低缓地问她："什么秘密？"

"她居然说我妈是被害死的……你说可不可笑？我妈她……她当年明明是发生意外溺水而亡……"鱼歌的声音骤然有些哽咽，"你说，她为什么要骗我？她一定是骗我对不对？"

池川白安抚地拍一拍鱼歌的后背，眸子暗不见底。

他慢慢地说："她或许，不是骗你。"

第二十章——

大概，我们需要回一趟
鹭溪县了。

1.

无数尘封的往事喷薄而出。

那是独属于鹭溪县的故事，那是她不肯回忆不肯涉足的故事。

那是痛苦，也是残酷。

夏日的蝉聒噪地叫个不停，鱼歌哼着小曲从家里走出来，妈妈刚刚说了，为了庆祝她拿到警校的面试通知，会给她做她最爱吃的水煮牛肉。

她此刻的目的地只有一个：池川白家。

她迫不及待想把这个消息告诉池川白，和他一起上警校的约定，已经近在眼前了。

当时的池川白正在专注地看一本犯罪心理学的书，他表情淡漠并不欲搭理鱼歌，眉头微蹙有些不耐烦。

鱼歌一瘪嘴，兴奋的情绪瞬间被浇得冰凉，也没了告诉他的心思，毕竟只是面试通知，面试能不能过还不一定。

拖拖拉拉在他家里待了几个小时后，鱼歌才踩着晚饭点返回家中。

还没走到家门口，就被一个眼熟的大婶焦急地拉住："鱼家姑娘，你怎么还在这儿？"

鱼歌莫名其妙："刘大婶，发生什么事了，您怎么这么着急？"

刘大婶一拍大腿，毫不顾忌地说："哎呀，你这孩子……你爸去哪儿了？你妈刚才出去买牛肉，不小心掉鹭溪里淹死了你知不知道，现在正在捞呢……可怜哟……"

鱼歌脚下一个踉跄，脑子里嗡嗡作响，脸上却还是挂着僵硬的微笑："啊？您胡说些什么……我妈在家做饭等我回家吃饭呢。"

"我有什么好骗你的啊……哎哟，别发愣了，快去找你爸回来呀！"

……

往事纷纷踏至心头，一点一点碾碎她。

火葬场里被白布遮盖的妈妈、失声痛哭的爸爸、池川白那冰冷的态度……

无一不是痛苦的回忆。

可现在却突然有人告诉她，当年的悲剧是人为的？

可不可笑？

当年的池川白和眼前的池川白重叠在一起，有些迷幻的失真感。

冷淡的他、温柔的他、热情的他……

鱼歌捧着热茶，就着昏黄的落地灯光望着书房里忙忙碌碌的池川白，表情有些怔忪。

等了片刻，池川白将之前费了好一番工夫才得到的卷宗翻出来，递到鱼歌眼前。

"这是什么？"鱼歌的视线落在他骨节分明的手指上。

池川白眼眸深深，抿唇说："这是当年事件的卷宗，我也是……无意中发现的，原本打算私底下查，等事情明晰了再告诉你。"

池川白说："这件事有太多疑点，大概，我们需要回一趟鹭溪县了。"

卷宗上只有寥寥几行字：

7 月 15 日下午，沈如杉溺水身亡，于当晚火化。

但蹊跷的是，法医鉴定的死亡时间比溺水时间早了十几分钟，没有人注意到这一点，或者说，被刻意忽视了。

她的死，根本不是意外。

2.

黑哥的案子渐入尾声，虽然还有一个人逃脱了，但主犯被抓总归是值得庆祝的事情。

黑哥犯案的原因也开始在新闻上反复播放。年少时的他很长一段时间遭到道貌岸然的老师的毒打，所以怀恨在心，认为所有好名声的老师都是当面一套背面一套。

这些背后里的故事一经宣传出来，倒是博得了一小片同情之声。

各种观点的争执闹得沸沸扬扬。

但省公安局却一片平静，这些言论并不重要，影响不了法律对他的判决。对警察而言，抓捕所谓的蓝哥才是目前最要紧的事情。

池川白向上级申请了几天调休，鉴于他在该案件中发挥的重要作用，上级准许了他的假。

隔天上午，鱼歌和池川白便已经坐在火车上。

她极少坐火车，上一次坐，还是和爸爸一起离开鹭溪县的那次。

那次他们走得很仓促，像是急欲逃离鹭溪县，逃离那个噩梦。

车次她记得很清楚，就是此时此刻坐的这趟。鹭溪县开往锦和市，锦和市开往鹭溪县，其实没什么两样。

沿途的风景也还是老样子。

鱼跃凭一边放着行李一边埋怨着火车的拥挤不堪。

鱼歌手心冒汗却不敢多说话。

她明白，爸爸隐隐有些责怪她当时为什么要跑出去玩，如果一直陪在妈妈身边，是不是就不会发生意外？如果没有那封该死的面试通知，没有该死的庆祝，是不是就不会发生意外……

"鱼歌。"鱼跃凭突然严肃地喊她。

鱼歌捧着妈妈的骨灰盒一个激灵，下意识地坐直身体。

"爸爸，怎么啦？"

鱼跃凭扶了扶眼镜，沉声道："不让你去警校，你不会怪爸爸吧？"

"不，当然不会……"鱼歌讷讷摇头。

"你口头上虽不说，但我知道你心里还是不满的。考警校是你从小的梦想，你妈也一直支持你。"鱼跃凭顿了顿才接着说，"要我说，女孩子家家还是不要干这些危险的事情，当老师搞教育什么的最好……"

鱼跃凭声音有些哽咽，手指也微微发颤，索性不再继续说。

鱼歌无意识地摩挲着骨灰盒，低着头说："爸爸你放心，我不想当警察了。"

她脑海里想起妈妈温柔的笑脸，又想起池川白冰冷的话语，眼眶有些湿润。

"哦……那就好。"鱼跃凭说。

……

几个小时后，下了火车，映入眼帘的是高耸的新式建筑，低矮的老旧房屋已经不见了踪影，好几年没回来，一切既陌生又熟悉。

近乡情怯，鱼歌一时有些挪不开步子。

池川白推着行李走出来，用另一只手坚定地握住鱼歌，侧头看她："走吧，带你回家。"

鱼歌心中一定，仰头微笑："好。"

3.

原本以为他口中的家指的是鹭溪县，没想到目的地是池川白的老家。

当池川白掏出钥匙开门时，鱼歌有些紧张，拦住他的动作轻声问他："你爸妈在家吗？"

池川白笑起来："怎么，你不是早就见过他们吗，害羞？"

　　鱼歌无意识地跺了跺脚，有些羞怯："哎，这么久没来过你家了，现在突然又冒出来，会不会不太好啊？"

　　池川白已经扭动了钥匙，他似笑非笑地勾唇说："嗯，的确很不好……我妈之前还问起过你。"

　　鱼歌微怔："什么？"

　　池川白打开门，眼眸深邃地看着她说："所以，你还有两秒钟的时间想好怎么跟她解释，你当年的……不告而别。"

　　话音刚落，坐在客厅沙发上看电视的中年女人便循声望了过来。

　　她又惊又喜地站起身说："川白？临时回来怎么不说一声……这位是……鱼歌是吗？"

　　池川白淡笑着瞥鱼歌一眼："一秒钟。"

　　鱼歌紧张得全身发麻，但她是多机灵一个人啊，愣了半秒，就立马上前甜言蜜语把池川白的母亲哄得眉开眼笑，还将自己追池川白的艰辛历程一一讲给池川白的母亲听，卖可怜博同情。

　　"所以我就被他气走啦，对不起啊阿姨，没来得及告诉您一声。"

　　她绝口不提自己妈妈的事情，不想再多一个人为此忧心了。

　　池母开始替鱼歌抱不平："川白，这可就是你不对了，当初让人小姑娘这么伤心，现在还不好好补偿她？"

　　"就是，就是。"鱼歌有人撑腰，跟着耀武扬威。

　　"鱼歌，以后川白要是有对不住你的地方，尽管和阿姨说，阿姨会替你教训他的。"

　　鱼歌忙不迭地应允。

　　池川白好气又好笑，生命中最重要的两个女人凑在一块，真不是什么好事。

　　趁着池母去厨房忙碌，鱼歌凑过来冲池川白得意地耳语："阿姨对我真好。"

　　池川白将一瓣剥好的橘子塞到鱼歌嘴里，淡淡地说："还不是因为我妈喜欢你，不然你怎么能这么轻易哄得她信任。"

　　鱼歌理所当然地点头："我这么可爱，谁不喜欢我？"

　　"是，"池川白意味不明地瞟一眼鱼歌，嗓音舒缓，"谁会不喜欢你。"

　　明明没说什么大胆的情话，鱼歌却瞬间觉得被他撩拨了，忍不住脸红心跳地刨根问底："你是在趁机表白吗，池川白？"

　　池川白不答她，专注地剥着手里的橘子。

　　鱼歌撇嘴，绕到他另一边："问你话呢，是不是呀？"

　　池川白这才抬眼缓缓地说："我说什么了？"

　　鱼歌被他一噎，讨了个没趣，遂不再理他，自顾自地跑去池川白的房间看。

　　池川白手里的动作停下来，望着她的背影慢慢笑了。

　　池川白的房间还是老样子，地板、窗帘、书桌都带着往日的气息，一点都没有变。恍惚间，还能看到当年的他冷冷淡淡地坐在椅子上看书。

　　旁边还缠着一个聒噪的她。

　　池川白的书桌上孤零零地放着一本书，以翻开的状态停在第379页。

鱼歌好奇地拿起书看书名，名字很熟悉。

身后一个温热的怀抱靠过来拥住她："看什么呢？"

鱼歌想起那些不太好的回忆，语气闷闷地问："你很喜欢看这本书是不是？还留着它呢。之前我来找你，你就是为了看这本书都没理我。"

池川白顿了顿，头搁在鱼歌的脖颈处，淡淡地说："以前是我不对，这本书一点也不好看，"他默了两秒，兀自笑了声，"没有你好看。"

留着它，只不过是为了提醒自己。

因为愚蠢的后知后觉，错失了自己的真心，让它孤寂空白了好几年。

但现在不重要了，因为你已经回来了。

池川白从鱼歌手里拿过书，合上，放回书架上："所以别管它了。"

4.

出房间时，池母已经准备好了丰盛的一大桌子菜，她俨然把鱼歌当成儿媳妇看待，各种嘘寒问暖。

连一向寡言的池父脸上也带着淡淡的笑意，气氛轻松而温暖，就像在自己家一样。

饭后，池川白便带着鱼歌出门了。

池母叮嘱两人："晚上早点回来休息。"

鱼歌摆手笑着婉拒："不了，阿姨，我住酒店就好。"

池川白按住她拒绝的手，说："妈，我们会尽早回来的。"

······

走出几步远，鱼歌才说："其实我住酒店就好了，住你家多麻烦啊。"

池川白动作自然地替她拨了拨头发，这才似笑非笑地说："我妈好不容易见我领着女孩回家，要是让你住酒店，她会误会我某方面不行。"

"什么不行……"鱼歌愣了几秒才反应过来，笑着捶一下池川白的胸膛，"神经病啊你！"

池川白淡笑着抓住鱼歌的手，与她十指紧扣，眸光微沉："你忍心让我妈这么误会我？"

鱼歌翻白眼："关我什么事？"

池川白手紧了紧："当然关你的事。"

母亲在饭前其实悄悄拉着他聊了几句："我这几年给你介绍了好几个不错的女孩，你都毫无反应，敢情你一直惦记着人家鱼歌啊……哎，她还真是个实心眼的好孩子……好不容易回来了，你对人家好点啊！别再错过了！"

"这样吧，今晚妈替你留住她，帮忙促进促进你们的感情，怎么样？"

池川白默默无语，就算没有您神助攻，她也跑不掉的。

鱼歌懒得再继续这个话题，她若有所思地望着池川白家附近的景致，眸光微动。

"真怀念啊。"

真怀念高中时无忧无虑的日子。

池川白闻言低笑一声，摩挲着她的指尖说："是啊，真怀念。"

鱼歌又翻白眼，赌气说："你怀念什么？怀念我凄凄惨惨地追你吗？我告诉你啊池川白，现在世道变了，现在换你来追我知道吗？"

"嗯，我追你。"池川白笑容淡淡地应允她。

"池川白，你别以为轻轻松松就能追到我，哼，告诉你！我可是很难讨好很难追的！"

"嗯，那就追很久。"

……

第二十一章

往后的时光我也会一直
在。

1.

天色渐晚。

说笑间，鱼歌指引着池川白走到了自家旧宅的门口。

当年的事情已经过去很久了，此刻只能碰碰运气，看能不能重
新了解到之前忽略的东西。

之前居住的房子已经空置了许久，再没有人进去过，但好在周
围的邻居还在。

尤其是看到事情经过的邻居。

鱼歌踌躇了片刻平复下情绪，还是敲开隔壁刘大婶家的门。

打开门的是刘大婶的小儿子，他一看到鱼歌就瞪大眼睛喊："鱼
歌姐姐！你、你回来了……妈！快出来！鱼歌姐姐回来啦……就是
之前住在隔壁的鱼歌姐姐！"

刘大婶擦着手走了出来，她的表情也有些惊讶。

毕竟好几年没见了。

简单寒暄了几句后，鱼歌直入主题："刘大婶，您还记不记得我妈，她……"鱼歌顿了顿，眨眨眼睛，有些说不下去。

池川白安抚地揽住她的肩膀，接着她的话继续说："您还记不记得鱼歌的母亲沈如杉女士，溺水身亡那天发生的事。"

刘大婶奇怪地打量两人："过去这么久了，怎么突然问起这个？我想想啊……哦，我记起来了……"

那天刘大婶和往常一样，在鹭溪附近的菜市场里卖自家种的蔬菜，正巧遇见出门买牛肉的沈如杉，两家隔得近，沈如杉又是个温温柔柔讨人喜欢的性子，两人就攀谈了一阵。

聊的内容无非是自家子女的事。

聊到一半，沈如杉突然接了个电话，也不知道说了些什么，便慌慌张张地跑去了鹭溪附近。

"鹭溪那里人少，可能她是约见什么朋友吧，我也没太在意，大概隔了一个多小时，我才听别人说那边死了人，跟着大伙儿跑过去看，才知道是沈如杉失足掉里头了。再后来我就赶紧跑出来找鱼家父女了，之后的事情你都知道了……那阵子不比现在，还没装护栏呢，鹭溪边的泥土特别滑，之前也有人掉进去过，但因为水不深，一直都没出过什么大事……"

……

果然有这么一个人找过妈妈，不是意外的可能性大大增加。

从刘大婶家返回的途中，鱼歌心情有些沉重，一直低着头不说话。

池川白看出她的忧虑，沉声说："至少我们离真相又近了一步，他逍遥不了多久了。"

鱼歌明白池川白说的是谁。

蓝哥。

这个行踪莫测、收钱杀人的神秘人物。

事到如今也只能沉住气，一点点查清真相。

鱼歌想了想咬牙切齿地说："还有那个背地里买凶要害我妈妈的人，我一定要抓住他。"

池川白沉吟道："好，明天我去鹭溪派出所问问，看当年负责这个案子的警官和法医还在不在。"

他揉了揉鱼歌的头顶，又说："他们以为神不知鬼不觉，没有人会怀疑这桩事故，当年肯定留下了不少马脚，从某种程度上来说，现在我们知晓了真相，就已经取得了先机。"

这番说辞让鱼歌心情放轻松了些。

她叹口气，语气软下来："还好有你在，可以帮我不少忙。"

池川白目光一动，凝在她脸上，抿唇说："往后的时光我也会一直在。"

鱼歌靠在他身上，仰头看着月光喟叹："哎，池川白，你最近甜言蜜语真多，你不是想一次性说完，以后就不说了吧？那可不行啊，我可没那么好糊弄……"

池川白笑了笑，不再说话，只是将紧握的手指一寸寸收紧。

2.

到了家，鱼歌心情已经平复下来了。

当看到母亲等候的身影时，池川白才明白过来，母亲口中的"帮忙促进感情"是怎么一回事。

池川白既无奈又好笑。

鱼歌眨眨眼，一边换鞋子一边狡黠地笑起来："失策了吧，池川白？"她压低声音得意扬扬，"你妈可没你想得多。"

池川白望着她这副样子心头一动，捏一捏她的鼻尖，毫不顾忌地低头亲了亲她泛红的脸颊："别引诱我。"

鱼歌被他的动作和话镇住了，余光去瞟沙发上池母的反应，谁知池母毫无察觉，好像真被电视节目吸引了一样。

鱼歌松口气，快速地掐一把池川白的手臂："睡你的觉去吧！"

池川白眸光微沉，嘴角勾起，看了她一会儿，直看得她心底微麻，这才慢悠悠走去房间。

洗漱完毕后，鱼歌和池母一同躺下休息。

她一想到池川白今晚要和池叔叔两个大男人睡一张床上就觉得好笑，嘴角也轻轻上扬起来。

"小歌。"池母静静喊她。

"阿姨？"鱼歌侧头看向池母，昏黄的床头灯下，池母的脸温柔又亲切。

池母舒口气，声音温和："小歌，我这样喊你你不介意吧。"

鱼歌赶紧摇头："当然不介意，阿姨。"

池母微微一笑，说："你第一次来的时候，我就发现了川白对

你的不一般。之前追在他身后的小女生他从来不搭理的，更别提任
其跟到家里来。"

鱼歌一愣。

"可这孩子却迟迟没发现自己的心意……他呀，和他爸一模一
样，感情迟钝得很，这几年他虽什么都不说，但我们做家长的也知
道……但还好，你回来了，有你在他身边我也放心。"

鱼歌心头一暖，真心实意地说："谢谢您的信任，阿姨……川
白对我也很好。"

闻言池母笑了片刻，突然说："不如你跟着川白一起叫我妈妈吧？
我就缺你这么一个贴心的女儿。"

鱼歌怔住，吞吞吐吐地说："阿姨，您这是……要收我当干女儿？"

池母一愣，哑然失笑："你这傻孩子……算了，先不说这个了，
我还是不掺和你们的事了……早些睡吧。"

鱼歌应一声，蒙住头开始睡觉。

她当然明白池母的意思。

只是，这种事情池川白还什么都没有表示，她怎么好意思上赶
着称池母为"妈妈"呢。

第二天，池川白一早就出门了，鱼歌想了老半天才回忆起，他
昨晚说过今天要去一趟鹭溪派出所。

以他的名头，估计那边又是好一番招待，得到想要的消息得耗
不少时间。

鱼歌和池川白父母吃过早饭后，也出了门。

她打算趁着一上午的空闲时间去鹭溪边看看，看能不能找到什

么蛛丝马迹，虽然可能性微乎其微。

没承想，刚一打开门，就和一个熟人打了个照面。

那人还做着敲门的动作，在看到鱼歌的那刻，动作僵住，表情惊讶又古怪，他期期艾艾半晌："鱼、鱼歌？你、你怎么会在这里？"

鱼歌眯着眼仔细辨认："陈以期？"

3.

陈以期衣冠楚楚，外表倒是变化很大，完全看不出以前的调皮捣蛋劲。

但他一开口就原形毕露了："鱼歌啊鱼歌，好啊你，回来都不跟我打声招呼，哎，怎么，你真和池川白在一起了啊？"

鱼歌拍掉他胡乱挥舞的手："认真看路，我可不想出车祸！鹭溪明明走几步就能到，非要开车啊你，显摆什么呢。"

陈以期一脸瑟："这年头，像我们这种有钱人，出门上厕所都开车！谁还走路啊……哎，你别打岔！你和池川白到底怎么回事啊？我昨天听我妈说池川白回了鹭溪县，连夜请了假赶回来找他的，没想到还有意外之喜啊……"

鱼歌嗤笑一声，口头上虽然损他，但见到老友还是有些开心的。

"就你想的那样呗。"

陈以期猛地一个刹车，停在了鹭溪附近的一个停车场里，他眼睛瞪大："你不是逗我吧？你俩这样都能在一起？还真是人间有真情人间有真爱啊！了不得啊，了不得！"

"很奇怪吗？"

"当然奇怪了！你当初那么狠心地离开了，你是不知道你走后他有多反常，我甚至都怀疑他得了癔症！他好几次自言自语喊你的名字，让你不要再说话了。过了几天后，他又当没有人你这个人存在过，也不许我们提……唉……"

鱼歌心头一震，又酸又麻的情绪蔓延开，她显然没想到会听到这样的回复。

她转移话题道："你找他做什么？"

陈以期表情平静下来，手指敲着方向盘，支支吾吾地说："就……哎呀，也不是什么大事，池川白人在哪儿呢？"

鹭溪派出所里。

当年负责检验沈如杉尸体的法医还在和池川白讨论一些细节。

卷宗中没有点明沈如杉的真正死因是落水前被药物毒死，死亡后被抛入溪水中，伪装成自然溺水的假象。

虽然时间匆忙没有解剖，但偏偏这名法医懂些冷门的药理知识，一眼就看出有蹊跷。

法医对这份死亡证明的隐瞒有些耿耿于怀，再加上平日里案子少，过得十分清闲，所以对沈如杉的死一直印象深刻。

"我们鹭溪县就是个小地方，平时哪能有多少凶杀案发生啊，就算有，花点钱就给掩盖了。唉，人心不古，世风日下啊。"法医语重心长地拍一拍池川白的肩膀，"年轻人小心些，可别引火上身啊。"

4.

从鹭溪派出所出来后，池川白拨通了鱼歌的电话。

他冰冷的眉眼染上一丝温柔的神色："在哪里？"

那头惊讶："你怎么知道我不在家……我是说不在你家。"

池川白抬头望望天色，阴沉沉的，快要下雨了。

他轻笑："就知道你不会老老实实地等我回来。你在哪里？我去接你。"

鱼歌捧着手机笑得甜蜜，直看得一旁的陈以期无限怨念。

"鹭溪，我在鹭溪边。"

"好。"

池川白正欲挂断电话时，鱼歌又喊住他："过来的时候做好心理准备，有个不速之客正等着见你呢。"

不速之客眼巴巴地看着鱼歌挂断电话，不满地说："亏我之前对你那么友好，亏我上赶着送你到鹭溪，你居然连我的名字都不说！"

鱼歌不搭理他，径自绕着鹭溪的边缘慢慢走了小半圈后，这才没好气地看他一眼："那你自己去联系他啊。"

陈以期"喊"一声："给他个惊喜嘛。"

池川白很快就出现在了视线里，他目光径直掠过陈以期，走向鱼歌，将手里的伞盖过鱼歌头顶。

陈以期悲愤地瞪大眼睛看着他的举动，却只听见池川白对鱼歌说："出门都不看天气预报吗？"

陈以期仰头，不就一点点毛毛细雨吗？有什么好撑伞的？

池川白还在继续说："要是感冒了怎么办？"

……

这两人秀恩爱秀他一脸，陈以期已经不想吐槽了，池川白旁若无人的功力已经达到一定的境界。

他只剩佩服……佩服。

鱼歌扑哧笑出声，指一指蹲在一旁的陈以期："好了，你就别伤害他幼小的心灵了，他等你老半天了，好像有急事跟你说。"

池川白这才将视线投在陈以期身上。

他嗓音瞬间冷淡了好几个度，颇有些无可奈何："说吧，又犯什么事了？"

第二十二章 –

我接受不了这样心思深
沉的你，抱歉。

1.

这不是陈以期第一次来找池川白帮忙了。

他一边继承着父亲的公司搞实业，一边用零用钱投资了好几个酒吧。

这一投就出了问题，酒吧里鱼龙混杂，什么样的人都有，偏偏其中一家酒吧附近的地头蛇还时常来找麻烦，索要保护费。酒吧里的人气不过，便喊黑道上的朋友将其打了一顿。

打架斗殴，自然通通被关进了局子里。

搞到最后只能劳烦幕后的陈以期出面，陈以期思来想去，便来找池川白了。虽然池川白不是陈以期所在城市的刑警，但总归也是警察，在各地都有几分人脉的。

鱼歌静静听完陈以期的诉苦，总结性地丢下"活该"二字。

池川白倒是若有所思："赎人也不是不可以，"他的视线和鱼歌的对上，"叫你的那帮人私底下帮我查个人。"

池川白将目前得知的"蓝哥"的所有线索给了陈以期。

陈以期奇怪："这人谁啊？君子爱财取之有道。他倒好，为了钱就杀人啊？有没有天理啊？"

池川白语气颇淡："查一查就知道了，查到了任何线索迅速发给我，尽快。"

……

陈以期开车走后，鱼歌促狭地调侃池川白："你倒是合理利用资源，你可是警察哎！"

池川白神色不变，说："那又怎样？非常时期就该用非常手段。"

他看一眼鱼歌，问："你这边有什么收获？"

鱼歌泄气地摇头叹口气："没有，都过去这么久了，就算鹭溪附近还有什么痕迹也早被时间抹去了。"

雨渐渐大起来。

池川白将鱼歌搂在怀里，把雨伞偏向她那边，这才慢慢将自己在派出所得到的消息说给她听。

"花钱收买了蓝哥的人也收买了办案的警察？他这么有钱有势啊？"

"很有可能。"池川白说，"我只是好奇，他这么大费周章，是为了得到什么？"

"得到什么……"鱼歌重复了一遍。

妈妈性格温和，从不与人为敌。

那人究竟是出于什么原因要杀死妈妈？他或者说她，通过杀死妈妈得到了什么好处呢？

想不出答案。

池川白更紧地搂住她，落在耳畔的声音听起来让人无比安心。

"不管他得到了什么，他很快将一无所有。"

时间不早了，池川白带着鱼歌去了以前常去的餐馆吃午饭。

餐馆从里到外都装修过了，但依然是那个他们熟悉的整天笑呵呵的大肚腩老板，也依然是熟悉的食物香味。

鱼歌第一次来这家餐馆的时候，也是跟着池川白一起，当时同行的还有几个池川白的同学。

他们调侃鱼歌为"池川白的小跟班"。

鱼歌不以为意，池川白不置可否。

"小跟班，你知道池川白最爱吃什么菜吗？"其中一人兴致勃勃地跟她说话。

"什么？"鱼歌特别认真地请教。

"他爱吃辣的，你这么喜欢他，肯定也和他一样咯？"那人笑起来。

鱼歌毫不犹豫地说："是啊，我也喜欢吃辣！"

……

饭毕，鱼歌被浓烈的辣呛得涕泗横流，喝了好几杯水，但还是不服输地说："咳咳……果然很好吃。"

一直沉默不语的池川白将筷子一搁，脸色冷下来："你逞什么强？"

……

"想什么呢？"池川白将菜单递到鱼歌眼前，单手解开衬衣领口的扣子，说不出的帅气又性感。

鱼歌指着菜单上的剁椒鱼头抬眼笑望着他："想我当年犯的傻。"

池川白也想起了这回事，目光遥遥地投在远处，抿唇笑道："是很傻。"

"老实说，你当时是不是很讨厌我？一直眼睁睁看着我吃辣，还对我那么冷那么凶。"

池川白当真仔细想了想，然后漫不经心地说："是有点。"

"喂，池川白！"

池川白望着鱼歌恼怒的表情，眼里浮出一丝笑意："别闹了，点菜吧。"

鱼歌愤愤不平地合上菜单，大声喊："老板，要一份××和×××，再来一份最辣的剁椒鱼头！"说完得意地望着池川白。

池川白："……"

这道菜鱼歌自然一筷子都没有夹，毕竟上次吃辣害得她肚子里翻江倒海好几天，还去了好几趟医院。

池川白也一筷子都没有夹，他见鱼歌诧异地望着他，这才轻描淡写地解释："自从上次看到某人逞强吃过这道菜后的惨状，就已经没胃口了。"

鱼歌："……"

好吧，她不该试图逗池川白的……回想起自己那副凄惨的样子，她也没什么胃口了……

池川白低低一笑，夹起一筷子菜放至鱼歌碗里，还贴心地说："不饿吗，快吃吧。"

鱼歌有气无力地说："谢谢啊，我已经饱了。"

……

2.

走出餐馆时，雨已经停了。

空气很清新，特别适合干"散步"这种有情调的事情。

鱼歌在鹭溪边走了一上午，压根没有散步的心思，或者说连走路的心思都没有。她要赖倚在门口，冲池川白说："好累啊……别走路了，我们坐车回去吧。"

池川白蹙眉："你怎么这么懒？"

鱼歌睁大眼睛反驳："才不是懒，只是累了而已。"

她这副要赖的样子和高三时一模一样，让池川白忍不住心头一软。

三三两两的食客走出餐馆，好奇地看着僵持在门口的两人。

池川白支肘看了她好一会儿，才弯腰道："上来吧。"

鱼歌立马一脸满足地趴上来，笑弯了眼搂住他的脖颈："还是你懂我。"

池川白嘴角微扬，似叹息似宠溺："白痴。"

走了好一阵，鱼歌突然又喃喃自语："偶像剧里的东西果然是骗人的……腰好酸哪。"

池川白动作一顿，不轻不重地掐一把鱼歌晃来晃去的小腿。

"敢情你拿我当试验品？"

　　鱼歌讨好地摸摸他的耳垂，说："拿你当男主角呀，还是又帅又有才华又多金的那种。"

　　池川白轻笑一声，将她往上抬了抬："借口倒是一套一套的。"

　　鱼歌眯着眼不说话了，她承认，她非常享受这种与池川白独处的时光。

　　他们，好像在这种独处的过程中越来越亲密了。

　　走到县里最繁华的主街道时，鱼歌的手机响起来，她接起，是一个陌生的本地号码。

　　"喂，哪位？"

　　那头呼吸有些急促，却一直没说话。

　　鱼歌莫名其妙又看一眼号码："喂，你好？哪位？听得见吗？"

　　池川白脚步突然停下来。

　　那头的声音也随之响起："鱼歌，是我。"

　　声音近在咫尺。

　　鱼歌诧异地抬头，容竣的身影映入眼帘，他一手拎着公文包，一手握着手机站在不远处转角的地方，目光幽深地望着两人。

　　"容竣，你怎么在这儿？"

　　鱼歌愣了愣，拍了拍池川白的肩膀，示意他放自己下来。

　　池川白毫无反应。

　　对面的容竣也一句话不说，只是定定注视着他们，气氛有些尴尬。

　　鱼歌只好贴着他的耳朵说："别闹了川白，快放我下来。"

　　池川白这才面无表情地松开她，扶她站直。

　　待鱼歌站定后，容竣才弯了弯嘴角开口喊她："鱼歌。"他的目光又转向池川白，笑容温和，"池警官，好久不见。"

3.

容竣是受到新开的水族馆的邀请，来给动物们做健康检查，于今天中午抵达鹭溪县的。

他之前早就听鱼歌只言片语地说起过她老家的情况，在上一次通话中，也得知鱼歌因为某种原因返回了家乡。因着这个缘由，他从众多邀约中，选择了来鹭溪县。

他的本意是来看看鱼歌曾居住的地方同时来找鱼歌，没想到池川白也在。

池川白……

他将这个名字在脑海里过了一遍，垂下眼睛不知道想到了什么，兀自轻笑一声。

"容医生看起来很忙的样子——那我们就不打扰了。"池川白淡淡地说，说完就强硬地牵着鱼歌的手打算离开。

"川白，你怎么了？"鱼歌皱起眉头低声问。

池川白不答她。

鱼歌能感觉到池川白对容竣的敌意，却有些摸不准这种敌意的由来。

"池警官，"容竣喊住他，清俊的面容上浮起淡淡的嘲讽，"我前几天从省公安局的朋友那里听到了一些流言，本想和鱼歌求证一下，没想到正好见到池警官……不知道池警官有没有听说过这些流言。"

池川白顿住脚步却没说话。

鱼歌下意识地偏头望向他，池川白的唇线紧抿，侧脸笼着一层很深的寒意。

容竣笑一笑，说："听说当时章警官打电话向你求助，你没有选择救她，而是向她打听了鱼歌的位置，选择了救鱼歌是吗？"他望着鱼歌霎时间苍白的脸色，眸中闪过一丝不忍，却还是狠下心继续说，"就算如此，按路线和时间推测，你完全可以安排最近的救援人员在下一辆火车驶来前赶到郊外解救出章警官，可你却从隔得最远的地方派出所调派人手……这才落得一个'来不及'的下场。

"而且我还听说……你这么做是为了帮助省公安局局长，打压章警官的父亲省政府的章主任一党，现在好了，因为女儿的'意外'，章主任在选举中发挥失常……为了升迁的利益就罔顾同事生死，池警官真是好狠的心啊。"

他看一眼鱼歌，言辞越发锋利："你让我怎么放心将鱼歌交到你手里？要是未来的某一天鱼歌与你的利益发生冲突，你是不是也要面不改色地看着她去死？"

字字锥心。

但池川白的表情却没有一丝一毫的变化，他甚至没有出口反驳。

很显然，他听过这流言，或者说，流言根本就是真的。

鱼歌不可置信地睁大眼睛看着池川白，明明还没到冬天，全身却开始一寸寸冒着寒意。

章见叶……章见叶的死……是池川白一手促成的？

这怎么可能？

"川白，你……"微颤的声音哽住。

她想听他的解释，对，她不信池川白是这样的人。

池川白终于从思绪中回过神，他转身冷冷地扫一眼容竣："容医生从哪里听来这种毫无根据的话？张口就污蔑人真是好本事。"

他这副回避的态度反倒加深了容竣的怀疑。

容竣笑："池警官别急着质问我，有话摊开了来说，如若是清白的自然不怕人抹黑，我相信池警官也可以解释清楚。"

池川白顿了顿，脸色冷得厉害，说："可笑。我为什么要为这种可笑的事情费心解释？"

说完，池川白不再管容竣的反应，侧头注视着鱼歌的眸色漆黑晦暗。他紧紧握住鱼歌的手，嘴巴几度张合，才低低吐出一句："你信不信我？"

这句话让鱼歌的心彻底凉了。

这不是信任不信任的问题，这是诚实与虚假的较量。

他为什么不解释清楚事情缘由？

因为无从解释所以只能靠这种虚假的信任来挽留自己吗？

他把自己当什么？

还是当年那个没头脑只会一厢情愿愚蠢地相信他的白痴吗？

真可笑啊……真可笑。

之前经历的一切甜蜜如同走马灯般从她脑海里一一掠过，许下的承诺犹在耳边，清晰可闻。

鱼歌的心几度起伏，最终还是闭了闭眼睛，一咬牙，挣开池川白的手。

　　她退后几步，眼里惊疑未定："你为什么不解释？我愿意听解释的啊……你肯定没有这样做的对不对？"

　　池川白只是拧眉深深望着她，依旧没说话。

　　等了片刻，鱼歌最终还是垂下头，声音变得低哑而无力："我接受不了这样心思深沉的你，抱歉。"

　　池川白的脸色一瞬间变得苍白如纸，他不可置信地伸手试图拉住她，手指却只触到一片虚无，像是突然隔着千山万水。

　　"鱼歌……"

　　望着这糟糕的一幕，容竣眼神霎时间变得很微妙。

　　他不再看池川白，而是笃定地朝鱼歌伸出手，嘴角也轻轻弯起来。

　　"鱼歌，我正打算去附近新开的水族馆——你要不要和我一起走？"

第二十三章 -

你不要管我! 我不想被
你这样的人管, 你听清
楚了吗?

1.

雨又开始淅淅沥沥下起来。

容竣撑起一把黑伞，在雨中和鱼歌并肩慢慢走，没几步就走到了水族馆门口。

两人停住，鱼歌下意识地回头看，刚才伫立的地方，池川白已经不见了踪影，不知道去了哪里。

也不知道他会怎样和池阿姨池叔叔解释自己的又一次不告而别。

她叹了口气。

容竣看出她的失落，柔声安慰她："别多想了，给池警官一点时间吧，说不定他借此机会能认识到自己的错误。"

三言两语却是将池川白的罪名钉死了。

鱼歌默默点点头，巧妙地避开容竣靠近的手，对他说："嗯，我没事，我们进去吧。"

容竣依旧笑容淡淡，自然地收回手，好像什么事都没发生。

"好。"

池川白静静站在转角的阴影处，面无表情地望着鱼歌和容竣走进水族馆的背影，眉眼间像笼着一层冰凉的薄雪。

他的头发、肩膀通通被雨水打湿，但他始终没有撑伞，好像是想借此冷静下来。

不知过了多久，他掏出手机按了一串数字，通了。

"查得怎么样？"池川白说。

那头说了一大段话。

池川白脸色缓了缓，眉头舒展开："很好，顺着这条线继续查下去。他已经来了，抓紧时间。"

默了半晌，他又继续说："流言倒是编得很有意思……拿章警官的死出来做文章，可信度出乎意料的高，差点连我都要信以为真了……"

……

挂掉电话后，他双手插兜，又盯着水族馆的大门看了一阵才收回目光转身离开。

鱼歌。

你呢，你信不信我？

2.

天色渐黑，容竣还在办公室里专心做着记录。

池川白给鱼歌打了好几个电话。

鱼歌握着手机沉默了好久，任凭屏幕亮了又暗，暗了又亮。

一旁的容竣顿住手中的笔，看一眼屏幕，柔声问道："怎么不接电话？"

鱼歌冷哼一声："做出这种事，他还有脸再给我打电话，亏他还是个警察，居然做这种下作的事情！"

容竣笑意更深，他温声说："或许池警官还有话想向你解释，他是迫于无奈才这么做也说不定。"

"你就别给他找借口了。"鱼歌心情烦闷，"敢做不敢当，真没意思，没意思极了！"

容竣淡笑着无奈地摇摇头，垂下眼睛专心干自己的工作，不再说话。

鱼歌想了一阵，还是接通了电话。

她语气硬邦邦的："喂，干什么？"

那头静了一瞬，才说："吃饭了没有？"

"关你什么事？"语气有些气恼和委屈。

池川白扫一眼屋内鱼歌的行李箱，避开母亲问询的眼神，走进房内出声问："你今晚回来吗？"

鱼歌嗓子眼一堵，眼眶莫名有些泛酸，她快速地瞄一眼容竣，见他没什么反应，这才说："不回。"顿了几秒，她的语气变得更加坚硬，"我是说，那里又不是我家，什么回不回的？你不要管我！我不想被你这样的人管，你听清楚了吗？"

池川白听出她声音里的异样，弯起的嘴角慢悠悠地放下。

静了半晌，他才低声说："好，注意安全，别忘了吃晚饭……"

鱼歌快速摁断通话，不再继续听他说话，像是怕自己再度沉溺到池川白的温柔中。

真该死……真该死！简直一团乱麻！

容竣抬头看着她的动作，薄唇渐渐抿成一条线。

他站起身，将所有文件整理妥帖，这才浅笑着说："饿了吧？我们去吃东西吧。"

鱼歌咬着唇沉默地点点头，随着容竣走了出去。

池川白将手机收起，站起身，拉开窗帘望着外头一点点亮起的万家灯火。

整个鹭溪县一派平静，不知道这样的平静还能维持多久。

他伸手捏了捏眉心，疲倦的无力感蔓延开来，沉寂的眼里如同覆着皑皑冰雪。

融不掉，化不了。

3.

"这道招牌菜看起来还不错，你要不要试试看？"

"随便吧，我不挑。"鱼歌心不在焉地说。

容竣笑了笑，待菜上桌后，他扬手示意，悠扬的小提琴声响起，一旁的侍从捧上一大束花。

鱼歌诧异抬眼，从思绪中回过神来。

她隐约猜到些什么，但现在显然不是说这些的时候……

　　她干巴巴地说："你今天过生日吗？不是吧，我怎么记得是二月底的样子？"

　　容竣温柔地笑一笑，眉眼里像含着无数情绪："我喜欢你，鱼歌。"

　　鱼歌一愣。

　　"我原以为池警官可以妥帖照顾好你，虽然不甘心却还是打算放手了。但哪有那么容易呢？"

　　他自嘲地笑了一声："我听说了池川白的所作所为，所以才特意过来找你。他根本不配给你幸福，我又怎么能眼睁睁看着我心底的人受委屈……所以我后悔了。"容竣垂着眼睛笑，修长的手指按住额角，"我不打算再把你让给他，不打算再否认自己的内心。"

　　鱼歌脑子里有些乱，对面的男人清俊而优雅，眼里的款款深情任谁也不能否认。

　　这番举动有些突然，鱼歌一瞬间有些手足无措。

　　"容竣，你……其实我一直当你是……"

　　"你不用急着回复我，"容竣打断她，"你也不用因此产生任何负担，喜欢你是我的事情，与你无关。"

　　鱼歌沉默了片刻才说："对，你说得没错，这是你的事情。"她舒一口气，"但是你知道吗容竣，我以前也是这么想的。"

　　容竣看着她。

　　"我以前也认为，喜欢一个人是自己的事情，与对方无关。所以我满腔热情地付出，即使他从来没有回应过我。我想着，我做了那么多，他总有一天会被我感动的吧？你知道我当时有多傻，被多少人看笑话吗？我知道等待的心情是怎样，有些话如果大家一开始就摊开来说清楚，就不会有之后的那么多纠葛不是吗？"

鱼歌认真地说："我不想你成为第二个我。所以抱歉，我选择在一开始就说清楚。"

容竣的手指从额上移开，搭在桌面上，不轻不重地敲了两下，随即抬眼微笑："是我该说抱歉才对，是我太唐突，罔顾了你的感受。"他停了两秒，拿起刀叉轻巧地切开盘子里的牛排，他嗓音有些轻，"但至少你的喜欢、你的付出、你的纠缠得到了回应不是吗？"

而我，即使知道是无望的，却还想抓紧这根稻草尝试一把。

看吧，我那么懦弱，一直不肯表白心意，直到池川白的出现我才怅然若失……现在我以为找到了离间你们的机会，就能弥补之前的错过。

可你却……这么残忍。

鱼歌怔住，一时间说不出话来。

"好了，别多想了。"容竣说，"这束花就当是朋友间的馈赠，这下你总不会拒绝了吧？"

容竣将捧花细心整理了一番，递给鱼歌。

鱼歌接过，装作没有看见他将捧花里的一个小小的环状物什收进了口袋里。

"对了。"鱼歌将一块牛排塞进嘴里嚼，状似不经意地提起，"我家人明天会返乡，你在这边人生地不熟的，晚上有时间的话可以过来坐一坐。"

容竣微愣，而后眼里眉梢里都漾起浅浅的笑意。

"好，你愿意邀请我，我当然要来。"

同一时刻，池川白的手机屏幕倏尔一亮，是陈以期发来的一条短信。

池川白点开，静静看了半晌，终是舒了口气。

那张有些模糊的侧脸照像一个定心丸，不仅证实了所有的猜测，也将所有的点通通汇聚在一起，凝为一条无比清晰的线。

真正的较量或许才刚刚开始。

4.

次日。

当鱼跃凭再次站在鹭溪县这片土地时，万般皆回忆涌上心头。

如杉……沈如杉……这个刻骨铭心的名字又一次席卷他的全部思绪。

他忍不住身子一晃，一旁的童姣眼疾手快地扶住他，嗔怪道："怎么了，这是？事情都过去那么久了，还忘不了……鱼歌那孩子也是，有什么话不能电话里说啊，非要你我跑这一趟。"她回头冲身后招招手，"小烁快过来，怎么动作慢吞吞的，快来陪着你鱼叔叔说会儿话！"

顾烁拄着拐杖慢悠悠地走出来，一脸不情愿："妈，我都成这样了，您还指使我干这干那的，是亲妈吗，您……还有您干吗非喊我陪着过来啊，真不知道这个破地方有什么好的，房子又土气又原始……"

"顾烁！"

童姣严厉地打断他："都摔成这样了，妈带你来休养休养散散心还做错了吗？再说了，你长年待在银星市，逢年过节也不回家看看，你鱼叔叔都快忘了你长什么样了！"说着说着，她语气又软下来，"这是你鱼叔叔的故乡，你就当趁此机会好好陪陪妈和鱼叔叔也好啊。"

顾烁撇嘴，他正是因为受不了妈妈对鱼跃凭的过分讨好，才不想去锦和市所谓的家里，宁可在老家银星市租房子住。他不打算再继续这个话题，而是向外头张望："哎，姐姐呢？姐姐怎么还不来接我们？"

鱼歌在火车站外等待了好一阵，还没看到爸爸的身影，就率先听到了顾烁的大嗓门。

她循声望过去，果真找到了三人。

顾烁也一眼就看到走近的鱼歌，赶紧一瘸一拐地率先靠近，嘴角咧开："嘿，姐姐，好久不见啊，有没有想我……"他骤然压低嗓音，"别告诉我妈我的伤……咳咳！"

鱼跃凭和童姣已经走至跟前，鱼歌乖巧地喊了两人一声，然后重新将话头移到顾烁身上："弟弟你怎么回事？才几日不见你怎么就受伤了？"

她听池川白提起过顾烁被黑哥一伙盯上，九死一生险些丧命的事，只是一直没来得及和他见面。

现在看他憋屈的样子，鱼歌隐隐有几分暗爽。

顾烁暗搓搓地瞪鱼歌一眼，面上却苦哈哈地赔着笑："哈哈哈，小事小事，打球摔了一跤，骨折了而已，哈哈哈哈，多谢姐姐关心哈。"

童姣面对自己不按常理出牌的儿子，颇有些无力，此刻也没了打招呼寒暄的心思："鱼歌你来了啊……别傻站着了，找个地方休息一下吧，坐这么久的火车，你爸爸也累了。"

顾烁也大大咧咧地说："累死了累死了，快去给我开间房，我要好好躺一会儿！"

鱼歌懒得搭理他。

鱼跃凭扶了扶眼镜，瞧着周边的景致沉吟片刻说："走吧。"

鱼歌将三人带至了之前居住的老房子前。

她为了这次会面，特意喊人将屋子里里外外打扫了一番，和从前几乎没有变化。

鱼跃凭停在门口静默地站了许久，才叹息一声走进去。这里面有太多不愿涉足的回忆，于鱼跃凭是如此，于鱼歌也是如此。

但逃避并不是最好的解决办法，兜兜转转好几年后，总要面对。

鱼跃凭端起童姣刚刚给他泡好的热茶，递至嘴边："你怎么突然想要回到这里？你记得你之前说过再也不回来。"

爸爸身上有一种无形的威严，压得鱼歌有些缓不过神来。

她愣了片刻才说："也没什么……"她眼睛掠过在厨房里忙碌的童姣，嘴唇发干，"爸爸，其实我有件事情要告诉您。"

鱼跃凭皱起眉头，无声地询问她。

鱼歌定了定心，望着爸爸的眼睛，一字一顿地说："我怀疑妈妈当年的死不是意外，而是人为。"

……

鱼歌和鱼跃凭谈完话后，童姣从厨房里走了出来，她亲昵地将手搭在鱼跃凭的肩膀上，柔声细语地问："跃凭，今晚想吃什么呢？我给你们做。"

　　鱼歌垂下眼睛，恍若未闻。

　　鱼跃凭表情很平静，语气甚至算得上温柔："只要你做的，我和小歌都可以。"

　　童姣微怔，有些激动地站起身。

　　"好……那我现在就去准备。"

　　这几年来，鱼跃凭对她的态度一直都算不得多亲密。她心里明白，她在鱼跃凭心中永远只是那个"意外"的一夜情对象，他还放不下沈如杉，他最爱的始终是沈如杉。但是那又怎样？让她做什么她都甘之如饴，她爱鱼跃凭。

　　每日陪在他身边的已经不再是沈如杉，而是她童姣。

　　也只能是她。

第二十四章 -

我了解池川白，没有谁
会比我更了解。

1.

四个人各怀心事地吃过晚饭后，门铃声响起。

鱼歌冲童姣笑一笑，站起身："啊，应该是我朋友来了，我去开门。"

打开门却是池川白。

鱼歌浑身僵直，表情几度变换，下意识地想关上门，还没来得及动作，顾烁已经死皮赖脸地凑了上来："哟！池警官，你怎么来了？来找姐姐啊？"

池川白笑了笑，也不否认，而是别有深意地望着鱼歌。

鱼歌别开眼，不敢与他对视。

池川白将鱼歌之前落在他家的行李提进来，对鱼歌清清淡淡地说："你忘拿行李了……"

鱼歌还没说话，顾烁又挤过来扬高语调说："哟？行李？什么行李？姐姐你行李怎么在池警官那儿啊？难道你前几天都是住在他那儿吗？"

鱼歌瞪他一眼，想去捂住他的嘴，却来不及。

童姣已经听到声音看了过来，她表情有些意外："鱼歌，是你朋友过来了吗？"

顾烁拄着拐杖蹦进去昭告天下："是姐姐的男朋友来了！省公安局的池川白警官，可有名气了！"

顾烁这一嗓子喊完，算是彻底将两人的关系搅乱了。鱼歌无可奈何，只好让池川白进来。

池川白慢悠悠地看她一眼，压低嗓音说："还是说，你是故意将行李落下的？"

鱼歌脸一热，狠狠瞪他一眼。

池川白轻轻笑了笑。

池川白极有礼貌地一一和鱼跃凭、童姣打招呼，熟稔得好像是在自己家里。

池川白永远不会告诉鱼歌的是，他曾在鱼歌家搬走后，独自来过这里。

不止一次。

顾烁也极热情地和池川白谈天说地。

鱼歌翻一个白眼，不再管他们，跑到沙发上看电视。

身边微微一沉，是池川白坐了过来，他手指搭在鱼歌身后的靠背上："看什么呢？"

鱼歌不理他，池川白并不在意，轻巧地夺过她手里的遥控。

"偶像剧有什么好看的。"这句话有几分熟悉。

鱼歌瞬间怒了："喂，这里是我家！"

池川白似笑非笑："肯和我说话了？嗯？"

鱼歌冷哼一声，不理他。

顾烁丢开拐杖，也随着池川白坐下："池警官也是鹭溪县人啊？这么巧啊？鹭溪县这地方山清水秀，才能养出池警官这样优秀的人才啊！"

看到顾烁这副狗腿的样子，鱼歌又冷哼了一声，坐得离两人远了些。

池川白注意到了鱼歌的小动作，他嘴角勾了勾，说："也能养出你姐这种……"他顿住不再继续说。

因为鱼歌已经眼冒寒光地瞪着他，只等他说出什么不好的话就扑上去揍他。

顾烁看看池川白又望望鱼歌，嘴角咧开，眼里的调侃怎么也掩饰不住："哎哟，瞧我这脑子！瞧我这眼神！我就不坐着当这电灯泡了哈。"

……

端着茶盏的鱼跃凭和童姣刚刚落座。

门铃声又响起，鱼歌扫一眼爸爸的脸色，这才起身跑过去开门。

"抱歉，来晚了，水族馆那边出了点事情……"容竣提着礼品微蹙着眉解释，"让你和家人久等了。"

"没事没事，现在还早得很。"鱼歌说。

容竣点头，脸上挂着清浅的笑意，他将视线转向屋内——然后凝住。

"容竣？"

"容竣哥？"

好几个声音同时响起。

鱼歌回头。

沙发上大家的神态各异，有的镇定，有的迷茫，有的惊惧，有的惊喜。

池川白的视线和鱼歌的视线临空一碰，又快速转开。

鱼歌的心一点点沉下来，某个疑虑终于被证实。她收回目光，脸上笑意不变，迎着容竣走进来："原来大家都认识啊，这么巧？那就不用我多加介绍了。"

容竣的神色从震惊、慌乱到疑惑到了然，再到完全的平静。

他甚至兀自低笑了一声，姿态优雅地轻轻颔首走进来。

"原来如此。"他喃喃自语道。

2.

昨天下午——

"川白……"

"嗯？"

鱼歌拿筷子在剁椒鱼头上戳来戳去："有个事我不知道该不该说。"

池川白似笑非笑，夹一筷子菜到鱼歌碗里："这世上还有你不敢说的事情？"

鱼歌瞪他一眼。

"那就别说了。"

"你！"鱼歌被他一噎，愤愤不平道，"难道你就一点都不好奇吗？"

"好奇你就会告诉我？"池川白微微挑眉，认真地望着她，"那好，那我问你，昨天晚上我妈跟你说了些什么？"

大早上母亲那揶揄的眼神，看得他莫名其妙。

鱼歌脸一热，眼睛也不自觉地移开，重新聚焦在剁椒鱼头上："也没什么，就是随便聊聊……哎呀，我是说！"她强行转移话题，"我有些怀疑容竣。"

语毕，两个人的动作都停住了。

"怎么说？"池川白缓缓开口。

鱼歌有些懊恼，捧着脑袋："哎，我是不是不该怀疑自己朋友啊？没头没脑的……"

池川白淡笑着摇摇头："你自然有自己的依据，说给我听听。"

"其实吧……我一直觉得他不太对劲，但因为他是我朋友，平日里对我也不错，所以我不太愿意把他往坏的方面想。"鱼歌慢吞吞地说。

从第一次认识容竣起，鱼歌就觉得他是个神秘的人物。

容竣虽说是个兽医，但真正放在工作上的时间并不多，有点什么事想联系他，基本是找不着他人的，一般都是他单方面联系鱼歌。

"这其实算不得多古怪……只是……"鱼歌皱眉思索了两秒才继续说，"你还记得李思琪案子里顾烁刻在桌子上的那个符号吗？"

那个小写的阿尔法符号。

池川白也蹙起眉头陷入沉思。

鱼歌接着说："我问过顾烁那个符号的来源，他支支吾吾说是源自他的偶像，想间接向偶像证明自己的能力。他是受偶像的影响才想加入黑哥团伙的，具体是什么他不肯说，你说那个偶像会不会就是蓝哥？而且很巧的是，容竣身上有一个类似的文身。"

池川白似乎笑了一声，他手里的筷子有一下没一下地敲击着桌面："所以你因为这个文身怀疑容医生？"

鱼歌气急："你是不是觉得我在胡思乱想？太牵强了些？我也不是全凭猜测的，你仔细想想容竣这段时间的行踪，第三起连环枪杀案刚刚结束他就从锦和市回来了，他……唉，算了，你就当我是胡思乱想吧，可能是最近事情太多，我太敏感了……"

毕竟这个推测的背后连接这样一个可怕的事实，她潜意识里并不愿意证实这一推测。

"好了，别多想了。"池川白失笑，拿起纸巾探身去擦鱼歌嘴角边的汤汁，"你这个笨蛋……饭都不会好好吃。"

鱼歌接过他手里的纸巾，还在嘟囔："毕竟他是我的朋友，我怎么也不愿相信他会……"

杀害我的妈妈。

池川白慢慢地说："他究竟是不是所谓的蓝哥，我们很快就能得出答案，你什么都不要做，只需要安安心心相信我就对了……另外，我想告诉你的是，"他的表情渐渐变得严肃起来，"花钱收买鹭溪县派出所警察的人已经查出来了，是一个名为童姣的女人。"

……

3.

屋里的气氛一瞬间凝固了。

自容竣落座后，所有人都不说话了，几乎所有人都在克制着自己的情绪，克制着那个蠢蠢欲动的临界值，不让它那么快爆发，或者说，不让它那么快崩溃。

童姣的脸红一阵白一阵，精致华贵的裙子被她攥得有些变形。顾烁也难得地皱着眉陷入诡异的沉默，和几秒前那个兴奋喊"容竣哥"的人判若两人。

率先打破沉寂的居然是鱼跃凭。

他咳嗽一声，环顾一圈四周，最终将视线停在童姣身上，声音不大却令童姣脸色更白了几分。

"你认识小歌的朋友？"

童姣还没组织好语言回复，容竣倒是慢慢开口了："童阿姨一家曾收养过我一段时间。"他转头微笑着看向顾烁，"是吧，小烁？"

突然被点名，顾烁有些愣神："啊？对，我爸死之前容竣哥的确在我家住过一段时间，大概两三个月吧。"

童姣重复道："当年我和小烁的爸爸的确收养过容竣一段时间。"

"是吗？"鱼跃凭似乎笑了一声。他低头转动着手中的茶盏，杯中的茶叶浮浮沉沉始终不得安定。

"童姣啊童姣，你是打算骗我一辈子是吗？"

童姣浑身一僵，激动地站起身，嘴唇发抖眼神凄厉，还试图抵抗一番："跃凭，你在说什么呢？我什么时候骗过你……我这些年做得还不够多吗？"

　　一旁的顾烁脸色也变了，他偷偷瞟一眼无动于衷的容竣，赶紧打圆场："鱼叔叔您是不是误会什么了？我妈她怎么可能骗您呢？您肯定是误会了！"

　　"是不是误会她自己心里清楚。"鱼跃凭说。

　　"我清楚？我清楚什么？"童姣说，"我清楚你心里始终记挂着沈如杉是吗？这么多年你当我是什么？一个替代品是吗？"

　　"你闭嘴！你还有脸提如杉？你当年做了什么你自己不清楚吗？"鱼跃凭将手中的杯盏重重砸在茶几上，翠绿的茶叶随着大幅度的动作倾洒在了桌面上。

　　童姣的脸变得惨白，好几层化妆品都无法掩盖住她的失魂落魄。

　　顾烁急了："怎么了，这是？鱼叔叔，您有什么话不能好好说吗？"他情急之下看向容竣，"容竣哥，你倒是帮妈说句话啊，毕竟我妈当年花了大笔的钱资助你上学……"

　　望着这场闹剧，容竣轻笑了一声，他在童姣近乎哀求的眼神中开口，嗓音温和却字字残忍："是，的确是一大笔钱……事到如今，大家都心知肚明了，再隐瞒下去也没什么意思了，是吧童阿姨？想必这几年你背负着沈如杉的死，心里也不好受吧？"

　　"我也是。"容竣淡笑着说。

　　话音刚落，除童姣外，在场所有人的目光都凝在了他身上。

　　童姣颤抖的双手捂住脸，嗓子眼里发出凄哀的哭泣声。

　　容竣皱着眉思索了一阵，颇有些无奈地摇摇头。他自言自语："当初就不该答应黑哥替他办事，还真是引火上身啊。"

"容竣哥你就是蓝哥？"顾烁瞠目结舌地喊道，极度震惊又忍不住激动起来。

童姣和顾烁的父亲曾收养过容竣一段时间，顾烁从那时起就开始崇拜容竣，崇拜他的优异成绩、崇拜他的善于交际，崇拜他的一切。这种崇拜在父亲死后，在童姣半要挟半引诱容竣杀死沈如杉后，达到了顶峰。

或许他本就和容竣是同一类人。容竣因为第一次杀人诱发了内心的阴暗面，顾烁因为得知了容竣的种种行为，冒出了模仿学习的念头。

容竣在拿到大笔的钱后离开了，顾烁违抗童姣的意愿还和他私下有联系。

殊不知，阴错阳差下还和容竣一同卷入过同一个组织。

只是容竣地位颇高，顾烁没有机会得知他的身份。

令他更加没想到的是，正是因为这种阴错阳差，使得鱼歌怀疑到容竣身上来。

"好，好得很。"鱼跃凭咳嗽几声，他猛地起身抓住瘫坐在地上的童姣的衣领，字字狠厉，"你去给如杉陪葬！你去啊！你为什么不去？你就这么恶毒，非要折磨我们一家人吗？"

"跃凭……"

鱼跃凭颓然地松开她，再也无法忍受屋内诡异的气氛，率先走了出去，门外传来窸窸窣窣的动静，好像有人靠近又好像有人四下散开。

童姣三步并作两步也跟了上去："跃凭……你听我解释……"

顾烁望望这个，又看看那个，叹口气，从沙发边拎起拐杖，也跟着走了出去："妈，您就别再说了……"

屋内顿时只剩下他们三人。

4.

容竣双腿交叠，稳稳坐定，这才将视线投向门外。

外头人影绰绰，显然已经被警方层层包围了。

"为了抓我，真是大手笔啊……当着所有人的面摊牌，你是怎么想到这招的？"

池川白神色不动，鱼歌也垂眼不说话。

"好，很好，好一个请君入瓮的局……"容竣低低地咳嗽一声，笑意不减，"好一招一网打尽……真是瞒得我好苦啊。"

他漫不经心地扫一眼面容冷峻的池川白，然后将视线投向一旁的鱼歌，喃喃自语："我倒是没想过你有这么好的演技……不去当演员真是可惜了。"

"彼此彼此。"鱼歌咬牙说，"你也藏得很深不是吗，蓝哥？"

容竣无奈地摇摇头，评价道："黑哥起的这名字真难听，非要把大家搞得花里胡哨。"

"不管好听与否，都改变不了你的身份、改变不了你的所作所为，不是吗？"

这声质问终于让容竣的表情产生了一丝裂痕，愧疚的情绪在他的脸上一闪而过。他像是想起了什么，声音骤然紧绷。

"你和池川白没有闹僵？"

　　鱼歌望向池川白，笑了笑说："我怎么可能因为一个没有经过证实的流言，再加上你三言两语的挑拨就怀疑川白？不信任他？"笃定的语气，一字一句恍若千斤重。

　　"是你低估了我们。我了解池川白，没有谁会比我更了解。"

　　这是心照不宣的默契。

　　我知道你不会相信我所谓的倒戈和怀疑。

　　你也知道我不会相信这所谓的流言蜚语。

　　这一番剖白的话让池川白心头微怔，他目光深深地锁住鱼歌，不发一言，眼底的情绪却有种灼人的力量，几秒的对视下来，看得鱼歌心底微微发烫。

　　容竣沉默下来，他敛眉思索了一阵后才喟叹一声。

　　"没想到你居然是……那个女人的女儿……"他一向温柔的脸上笼上了一层阴霾，"果真是天意吗……"

第二十五章 -

而我们, 会彼此信任地
继续走下去。

1.

容竣和鱼歌的相识并不是偶然。

事实上，他已经观察她好几天了。

她和那个女人有些相像——他第一个杀死的女人，沈如杉。

对于当时父母双亡穷困潦倒的他而言，杀人动机很简单——

为了钱。

而短暂收养过他的童姣给了他一大笔钱。

过程简单得不可思议，那个女人弱得不得了，他随随便便将童姣让他转告的几句狠话告诉了她，她就受不了了……

沈如杉死后，他的行径没有被人发现，于是他自此一发不可收拾。即使之后自己凭本事也能挣到大笔的钱，但这和杀人的乐趣完全不能比。

然后，他看见了鱼歌。

　　他终于鼓起勇气，鬼使神差地朝她走了过去："你好小姐，我的钱包不小心丢在附近了，请问你有看到吗？"

　　鱼歌愣了愣，旋即笑起来："我没看到，你很急吗？钱包里的东西很重要？反正我上完课了，我帮你一起找吧？"

　　容竣眼睛弯了弯："好的，谢谢你。"

　　"没事，没事，别客气，你叫什么名字啊？也是这所学校的学生吗？钱包里应该有你的身份证吧？"

　　……

　　他好像渐渐忘了那个女人，那个日日缠着他的梦魇——沈如杉。取而代之的是鱼歌，笑容灿烂、张扬而善良的她。

　　"你是怎么发现我的，池警官？"容竣抬眼瞧着池川白，笑容清浅，"我实在好奇得很。"

　　池川白勾了勾唇，眼底漆黑一片："只要做了坏事，总会露出马脚。"

　　他自那次海狮馆的案子起，就对容竣抱有一丝怀疑。这是长期与十恶不赦的罪犯作斗争的刑警对于罪犯的第一直觉。

　　正如那天审讯时，池川白对容竣的问询：

　　"你为什么明明离开了海狮馆，却在得知死者死后……或者说警察来后，突然折返？"

　　当时容竣并没有回答。

　　前几天，自他开始怀疑容竣就是蓝哥起，他便重新安排了人仔仔细细搜查了海狮馆容竣的那间临时办公室。本也是碰碰运气，没想到还真有意外的收获——藏在瓷砖下的暗格里放置着黑哥一伙制造的连环枪杀案的第一个死者的照片。痕迹专家仔细分析过后，肯定地说："之前这里面曾藏匿了一把枪。"通过分析对比，枪支的型号大小与连环枪杀案第一起、第三起使用的枪完全吻合，再加上连环枪杀案中关于蓝哥的种种线索……

……

所有的一切都说得通了，容竣没料到海狮馆杀人案的发生，担心之前随意放置的枪支被赶到现场的警察找出来，选择冒险返回案发地点藏枪。结果被诬陷为海狮馆杀人案的杀人凶手……

再然后是黑哥团伙被抓……

加上鱼歌关于李思琪失踪案中阿尔法符号的猜想……

一环套一环。

2.

"也罢……是我技不如人。"容竣叹息一声。

他的视线在池川白和鱼歌身上打转，最终落在鱼歌身上。

"关于你的母亲……抱歉。"

这句话涉及的内容太过于沉重，鱼歌紧紧盯着茶几上的几个玻璃水杯，垂着眼不说话。

容竣也沉默下来。

静了片刻后，池川白审视着容竣，问他："关于顾烁和你之间的阿尔法符号，你有什么想解释的吗？"

容竣蹙眉想了一阵后，毫不在意地解开衬衣扣子，将文在胸膛上的符号露出来："你是说这个？"

简单的图案文在了心口的位置，原版的，不是顾烁扭扭曲曲复制在课桌上的样子。

池川白脸色微变，显然是想到了什么。

容竣笑了笑，神色霎时间变得温柔起来："这不是什么阿尔法符号，这是一条简笔画的鱼。"

他垂眼漫不经心地重新扣上扣子，将那个符号遮掩住，说："我不知道顾烁是什么时候看见的，或许是上一次他来我家找我，又或许是……我也不知道他是怎么定义这个图案，又是出于什么原因将它刻在了失踪孩子们的课桌上——但对我而言，这是一条鱼，也只能是一条鱼。"他终于抬眸望向鱼歌。

这是我对你，最隐秘的告白。

鱼歌心头受到了巨大的震动，却没有勇气抬眼看他。

这样温柔的他，这样善良的他，居然就是杀死自己母亲的真凶？

老天啊老天，你真是开了一个巨大的玩笑。

池川白看出鱼歌的复杂心理，走近几步，坚定地揽住鱼歌的肩膀，虽然没说话，却让惶惶然的她找到了一丝依靠。

"容竣，"鱼歌定定地望着他缓缓开口，"我不想问关于上一代的恩恩怨怨，这些我都不在乎，我也不在乎你得到了多少钱。我只想问你，我妈妈，她、走得还好吗？"

容竣倏地睁大眼睛，眼里闪过又惊又痛又悔的情绪："她……"

他说不出口。

该怎么形容呢？她在痛苦挣扎中缓缓闭上眼睛？甚至在临死前还在轻声呢喃着某个名字？而自己呢？带着恶意的笑看着她的尸身

一点点沉入水底？

"好了，算了！你不用说了，我不想知道了！"鱼歌说，这句话好像用尽了她全部的力气，她移开眼，掩饰住自己泛红的眼眶，"我不想知道。"

容竣翻来覆去地叹息几声。

"鱼歌，是我对不住你……"他缓缓地从随身的公文包里拿出一个东西。

池川白的瞳孔猛地一缩，寒声对容竣道："放下枪！"他骤然抬手，手中不知何时也出现了一把枪，森冷的枪口对准了容竣的眉心。

容竣把玩着手中的枪慢慢笑起来："怎么？你担心我会伤害鱼歌？我还不至于这么下作吧？杀了母亲又紧接着杀死女儿？我可不做无利可图的买卖。"

"容竣？"

"嘘。"容竣笑着望向鱼歌，"鱼歌抱歉，让你失望了……我原本想在这几日收手不再……也罢，是我对不起你。"

还有就是，我爱你，无关你的母亲。

容竣缓缓闭上眼，拿枪对准自己的太阳穴。

"容竣！"鱼歌不可置信地睁大眼睛。

3.

"砰！砰！"

两声枪声几乎同时响起。

门被猛烈撞开，好几个警察听见动静冲了进来。

池川白放下枪，望着容竣说："杀了这么多人，结了这么多怨，还轮不到你来自我了结。"

容竣持枪的右手血流不止，手中的枪已经脱力，不知道掉到了哪里，那发本该射进他脑袋里的子弹打偏击碎了不远处的一个古董花瓶。

他好似感觉不到疼痛，脸上还是带着无奈的笑意："嗬……果真是这个结局。"

"容竣，"鱼歌安静了片刻后，睁着眼望着他一字一顿地说，"算了，放下吧，我们之间自此一笔勾销。"

这几年的情分、杀母之仇……种种纠葛皆一笔勾销，自此不管过往不问前程。

我不再拿你当朋友，亦不再恨你。

容竣侧躺在沙发上，用没受伤的手按住额角，他止不住地笑。

"好啊……好，那就一笔勾销。"

但你告诉我，在得知真相后，这种无力的愧疚感和对你维持了好几年的感情，又怎么能简简单单用一笔勾销带过？

蜂拥而至的警察已经在池川白的示意下将受伤的容竣带了出去。

容竣转开眼望着不远处不打算再说话，他面无表情，任由匆匆赶到的医护人员处理自己的伤口。

屋内很快只剩下池川白和鱼歌两人。

没了外人在，鱼歌长长吐出一口气，无力地坐在沙发上。

池川白无可奈何地捏了捏眉心，明明已经抓捕了容竣，脸色却依然有些难看。

压抑了好久的话终于在此刻喷薄而出："你什么时候能不这么冲动，居然不管不顾就跟他走了？要是发生意外怎么办？我早就说过让你什么都不要做，乖一点待在我身边就好。"

训斥的话让鱼歌有些晃神。

这是打算秋后算账了。

鱼歌撇嘴，有些委屈："这叫随机应变，机智，机智懂吗？要不是我推波助澜，让他们见面，你怎么能这么快将他们一网打尽？"

池川白脸色更差，责怪的话却再也说不出口。他丢开枪，叹口气伸出手臂："你这个白痴……过来。"

鱼歌呆怔了几秒，才猛地撞进他怀里，她嗓子眼有些发堵："你真以为我相信了那个流言对不对？"

"没有。"

"你当时的表情那么难过……我都差点……你演技这么好啊？骗谁呢！"

池川白的胸腔微微震动，他在笑："按以往的经验来看，你要是真的生气了肯定会大声责骂我，闹得全世界都知道我犯了错，而不是悄无声息地走开。"

是，他是怕了。

他们好不容易才放下过往在一起，他害怕再次失去她。

鱼歌又好气又好笑："我哪有那么无赖！"

"你什么时候不无赖？"

鱼歌愤愤不平地捶打他的胸口。

"对了。"池川白摩挲着鱼歌的长发，不急不缓的语气隐隐透着些危险的味道，"你是什么时候看到容竣身上的文身的？"

容竣身上的文身在他裸露的胸口……

鱼歌僵住，她呵呵干笑了两声："其实我是无意中看到他换衣服……哎呀，这个不重要啦。"

"是吗？"池川白惩罚似的重重捏了捏她的腰肢。

鱼歌点头，声音闷闷的，柔软的长发蹭得池川白的下巴有些发痒。

"是啊……这些都已经不重要了。"

容竣终将为他的所作所为负责，而我们，会彼此信任地继续走下去。

温存的时光总是很短暂。

"池警官……"

好几个手中持着枪的警察冲了进来，表情严肃地说："池警官，我们该走了，局长那边还在等消息。"

池川白松开鱼歌，应一声："好，这就来。"

他不再多说，温热的唇在鱼歌额上印下一个吻。

"等我。"

然后匆匆走了出去。

第二十六章 -

于我而言，最美的风景
是你。

1.

这桩旧案几经波折终于尘埃落定。

容竣、童姣、顾烁……所有相关的人和事都像一颗颗小石子，就算曾激起不小的涟漪，也终将在时间的长河中，一圈一圈逐渐平复下来。

鹭溪县又恢复了往日的平静，又或者说，它一直是平静的，从不被任何事情所打扰。

鱼跃凭卖掉了锦和市的房子，重新搬回了老家住。

他说他对不起如杉，理应在这里陪她。

"爸爸……"鱼歌将行李箱搁在门口，探身喊他。

鱼跃凭正弯着腰给院子里新栽的花浇水，他闻声抬起头望过来。他神态安详，带着些许温柔的味道，与平日里严肃古板的他迥然不同。

　　"是鱼歌啊……傻站在门口干什么？快来帮爸爸浇水，这株芍药可娇贵得很，水量少一点都不行……"

　　鱼歌应一声，接过鱼跃凭手里浇花的小水壶。

　　"说起来你现在也老大不小了，要是你妈还在估计会天天催着你带男朋友回家。"鱼跃凭微笑着说，不知道想到了什么，镜片下的眼神越发温柔。

　　爸爸终于能自然地谈起妈妈，不再回避。

　　鱼歌眼眶一热，想到妈妈也笑着说："是啊，妈妈肯定急得不得了，生怕我嫁不出去。"

　　"说起来，那位姓池的警官呢？"鱼跃凭问。

　　池川白已经于当天晚上带着容竣返回了省公安局。他急着赶回去时间非常仓促，连跟鱼歌道别的时间都没有。

　　那晚离开后，只匆匆留下了一条短信：

　　"等我回来。"

　　意思是他还要再回一趟鹭溪县吗？

　　等鱼歌再打过去，却始终是无人接听的状态。

　　鱼歌有些气愤，丢开手机，索性不再理他。

　　"他有些急事，可能要晚几天才会过来吧。"鱼歌说。

　　鱼跃凭笑了笑："这小伙子看起来挺不错，警察……其实警察也不错……爸爸相信他有能力可以保护好你。你要是喜欢，爸爸自然也不会阻止。"

　　"爸爸……您……"

鱼跃凭拍了拍鱼歌的肩膀："爸爸和妈妈可就你这一个女儿，你可一定要幸福啊，你过得开心比什么都重要。"

"爸爸……"难得温馨的话让鱼歌的眼睛瞬间通红。

"好了好了，时间不早了你快去吧，别在这儿碍我眼了。"鱼跃凭不耐烦地挥挥手，不欲再说。

鱼歌移开眼，装作没有看见爸爸眼里一闪而过的湿润。

"好，爸爸那我就先走啦。"鱼歌轻声说。

……

鹭溪县已经接连下了好几日的雨，她也已经驻足了好几日。不知道究竟是雨留住了她的脚步，还是那条短信。

但不管如何，现在没有再拖下去的借口了，钟微微已经催了好几遍了，她马上要返回银星市继续上课了。

在经历了这么多波澜起伏后，所有的一切终将回到正轨。

还有，她与池川白。

2.

鱼歌撑起伞，拖着行李箱往火车站的方向走。

还没走出几步，她就察觉出不对劲，下意识地偏头看。

池川白静静站在一片阴影中，眸光晦暗一片，他呼吸有些紊乱，看样子是刚刚赶到这里。

"你回来了？怎么不提前说一声？"鱼歌诧异地说，"还有你电话怎么打不……"

话还没说完她就被池川白一把抱住，他声音有些低沉，在她耳畔说：“你是不是又要走？”

又要走？

鱼歌皱眉。

“我今天的确要走……”

怀抱收得更紧，他的声音几乎算得上是咬牙切齿：“你又要不告而别是不是？你为什么不等我？”

鱼歌愣了半晌，恍然大悟，她笑着推一推池川白的胸膛，说：“池川白你理智一点，我只是打算回银星市……”

“去他妈该死的理智！”池川白低低地咒骂了一声。

鱼歌愕然，呆了两秒才扑哧笑出声。

她声音变得很柔软：“我只是打算回银星市上课，不是不辞而别，我发了短信给你的，你没看到吗？”她顿了顿，又说，“我不会再不辞而别。”

池川白松开她，定定看着她，眼睛里的情绪太多太复杂：“你这个白痴……”

他结束所有后续工作，刚刚抵达鹭溪县就听妈妈说鱼歌要离开的消息，就马不停蹄赶来找她。明知道自己有她的联系方式，也知道她的工作地点，但就是无法抑制内心焦躁烦闷的情绪。

——他不想再失去她一次，他受够了等待。

“你这么担心我走啊？”鱼歌笑着问。

池川白抿着唇，沉默。

“不说话那就是不担心咯……那我走了。”

池川白强硬地拉住了她的手臂。

"谁准你走了？"

鱼歌脸上不可抑制地漾起笑容来，她推一把池川白。

"池川白，你这么大老远跑回鹭溪县就是为了不许我回银星市？讲不讲道理啊你？有话就快说，我还要赶火车的！才没空跟你闲聊。"

池川白抬眼望着她，慢慢笑起来，笑得鱼歌心里酥酥麻麻软成一片。

3.

印象里。

高三那段时间，鱼歌跟他告白过无数次，她张口就来，不管时间地点。其中的很多次他都记不太清楚了，唯独记得最清楚的是鱼歌第一次向他告白时的场景。

那天的太阳像极了她红通通的脸庞。

玉兰树枝头的花朵初初绽开，散发出微醺的香味。

"池川白，我喜欢你，所以……所以你也喜欢我好不好？"那个穿着蓝色校服的少女一脸期盼，亦步亦趋地跟在他身旁，她张扬的马尾在空气里划出清爽利落的弧度。

"我会对你很好的，每天陪你上下学，陪你吃饭，陪你……"她不知想到了什么，脸倏然一红，结结巴巴地说，"嗯，我是说，我想陪你看星星看月亮看太阳，走遍世界的每一处角落，看遍世界的每一处风景……你……你愿不愿意呀？川白？川白你倒是说句话啊……"

当时自己是怎么回复的来着？他已经记不清了，好像是不耐烦地训斥了她几句。但她只沮丧了几秒就重整旗鼓，自己给自己打气：

"没事的鱼歌，我会继续坚持的，坚持到你也喜欢我为止。"

……

　　思及此，池川白蓦然轻笑一声，细碎的黑发湿漉漉地粘在他的额角，衬得他的眼睛更加漆黑而深邃。

　　"我想说，"他望着鱼歌慢慢地说，"我想陪你看星星看月亮看太阳，走遍世界的每一处角落，看遍世界的每一处风景……但是，我更想告诉你的是，于我而言，最美的风景是你。

　　"你曾问我喜不喜欢你，我仔细想过了，不，不该是喜欢，"池川白定定望着眼前这个笑得狡黠而得意的小女人，他的嗓音低沉舒缓，"应该是我爱你。"

　　声音隔着细密的雨点声，轻轻柔柔地落在她耳郭。

　　"我爱你，鱼歌。"

　　鱼歌再也忍不住，她松开伞柄，扑进池川白张开很久的怀抱，又哭又笑声音有些哽咽："哎，池川白，你这个大骗子！说好的浪漫的告白呢！你这明明一点也不浪漫啊！而且是超级不浪漫，鲜花呢？气球呢？什么都没有，还害我陪你一起淋雨！你怎么这么讨厌啊……"

　　池川白抿唇，嘴角浮起一丝笑意，他紧紧搂住她的腰肢，轻声哄道："是，以后补给你好不好？"

　　"什么以后……什么以后！你就是想赖账对不对？我告诉你，你想得美……"

　　池川白欺身堵住她的唇，不许她再说话，将她的抱怨一一吞吃入腹。

鱼歌紧紧抵住他温热的胸膛，唇齿交缠间，声音断断续续却又无比清晰。

"我也爱你啊，你知道吗……很久很久了……"

"池川白……"

鱼歌。

你这样容易满足。

现在想来，总觉得之前亏欠你良多。

但好在我们有未来。

我可以一点一滴慢慢补偿给你。

最重要的是，此刻的我终于明白，这几年究竟在寻找什么在期许什么——

这世间人潮汹涌，几多悲欢几多离合。

而我只渴望平平淡淡，在还算漫长的一生里，年年岁岁陪在你身边。

这大概就是答案。

· END ·

番外一
FANWAI

转眼已到年底。

银星市银装素裹，过年的气氛浓郁得不得了。

爸爸带上一大帮老家的亲戚朋友，连同池川白的父母一起跑去了瑞士那边搞聚会，钟微微也跟着男友去了男友在巴黎的家里。

鱼歌霎时有一种所有认识的人都在世界各地游玩，只留她孤孤单单待在银星市的凄凉感。

"我也想去国外过新年啊！"鱼歌长叹一声，然后认命地继续干着手里的活。

一个温暖的怀抱从身后环住她："自言自语什么呢？"

鱼歌没好气地横一眼池川白，试图将手中的面粉擦到他脸上："我在说我爸去国外玩居然不带我！他居然不带我一起！"

池川白敏捷地躲开，他颔首低笑："你忘了你爸已经将你托付给我了吗？嗯？"

池川白过年这段时间尤其忙，好不容易才有了一天的休假，马不停蹄就赶来了银星市。

鱼歌几步追上去："他只是让你照顾我，又没说让你住进我家！"

池川白一把握住鱼歌不安分的手，笑道："谁让你不肯去锦和市？或者说你跟我一起去临时宿舍住？"

鱼歌好气又好笑："要去你自己去！"

"你真不陪我一起？"池川白似笑非笑。

鱼歌转开眼睛："不去！"

池川白叹息一声："那就没办法了，那只能我过来你家了。"

……

说了好一阵话，见池川白还赖在厨房不出去，鱼歌不耐烦地翻白眼："去去去！想吃包子就一边待着去，别想偷师我的手艺！"

池川白若有所思地看了一阵后，才慢慢地说："你真打算过年就吃包子吗？"

"可我做得最好吃的就是包子啊……还是说你想去外头吃？"

池川白支肘看着她笑了："你要不要试试我的手艺？"

……

当池川白将几道精致的小菜端上桌时，鱼歌有些不敢相信自己的眼睛。

"这都是你做的？你不会是偷偷订了外卖吧？"

池川白瞥她一眼："如假包换。"

鱼歌迫不及待地夹起一筷子放进嘴里，满眼的怀疑变成了佩服：

"我的天……老实交代，你什么时候学会做菜的？"

池川白正色道："不然你以为高中那会儿，我每天中午都是吃外卖吗？"

鱼歌震惊："难道不是吗？你居然那么早就会做菜了！"她的表情从震惊变成悲愤，"你居然瞒了我这么久，亏我当时怕你每天中午没东西吃，自己还省着省着，偷偷从家里带饭给你吃！"

池川白将最后一道香味浓郁的汤端上桌，瞟鱼歌一眼："我从没说过让你带午饭。"

鱼歌有些懊恼："哎，但不管怎么说……跟你的手艺相比我的包子简直弱爆了！"

"我不嫌弃。"池川白也拿起筷子。

鱼歌小声地说："这种情况下你不是该说你做的包子是全世界最美味的吗？"

"你少看些乱七八糟的的电视剧。"

……

夜渐深。

零点的钟声已经响起，收件箱里瞬间充斥着祝福的短信。

池川白拥着鱼歌站在小阳台上，望着天空一朵朵绽放的烟花。

鱼歌还在低头看手机："哎，川白你看，钟微微居然发巴黎的图片来刺激我？"鱼歌哼一声，"有什么了不起啊，咱们银星市照样美得不得了，你让……让……让我拍个美图给她瞧瞧！"

待鱼歌将图片发送出去后，池川白夺过她的手机，嗓音淡淡："你是和我一起过节还是和手机过？"

鱼歌一愣，旋即笑起来。

"看在你给我做晚饭的分上，勉为其难地陪你一起过节好了。"

对面钟楼上的时间显示已经是零点过五分。

鱼歌仰头看着池川白。

"新年好啊，川白。"

"新年好，鱼歌。"

"没了？就这一句话？"鱼歌不满。

池川白眼睛里浮起清浅的笑意："你想听什么？"

"哎，好歹也要说些什么……那什么的话啊。"

"什么话？"

鱼歌恼了："池川白，你装傻是不是？"见他还是含笑不语，鱼歌索性不再理他，双手并在嘴边，大声喊，"我鱼歌想和池川白永远在一起！"

声音很快被烟花爆竹声所掩盖。

鱼歌扭头扬起笑，望着池川白专注回视她的眉眼："就是这样的话。"

池川白抿唇，满眼的温柔却怎么也掩饰不住。

"鱼歌。"池川白在她耳畔喊她的名字。

"嗯？"

池川白摩挲着她的手指，漆黑的眼睛盯住她问："你想去哪个国家？"

鱼歌皱眉："怎么突然说起这个？"

池川白轻轻笑了笑，说："局里给了我一星期的假，你不是想去旅游吗？况且，我答应过你要带你看遍世界的每一道风景。"

鱼歌惊讶："你是说真的？"

池川白将下巴磕在鱼歌毛茸茸的头顶上，一字一顿地说："当然。"

他最近不眠不休的辛苦忙碌就是为了能休一个长假，他的嘴角勾起："你开心就好。"

"那我们去英国怎么样？我最近看了部英剧，里头的取景地点简直超美的。"鱼歌伸手去拿池川白手中握着的手机，"你等等……我搜搜图片给你看啊。"

"好，你想去哪里都可以。"

番外二
FANWAI

　　鱼歌今天心情不大好。

　　钟微微反复问她原因，却只得到她没好气的一句："我更年期提前了，你看不出来吗？"

　　等到池川白来接鱼歌下班时，钟微微趁她不注意，又偷偷地问："池警官，鱼歌这是怎么了？你喂她吃火药了？"

　　池川白别有深意地望着鱼歌收拾东西的背影，嘴角一弯，靠在办公室门外的栏杆上，慢悠悠地说："她最近破案破上瘾了。"

　　"所以呢？"

　　"所以她非缠着我啊。"池川白低笑着从口袋里摸打火机，却摸了个空，这才想起鱼歌早已经将打火机没收了，他笑意更深。

　　"……"

　　没想到现在的池川白也会开玩笑了，钟微微感慨万千，想起最初见面时的场景，再想想现在两人已经订婚了，她打心眼里替鱼歌高兴，"鱼歌是有些任性，但还好有池警官你在，也只有你会包容她的小性子吧。唉，有时候就连我都会被她气到不行……"

"不，我不会一味包容她。"

"啊？"钟微微惊讶。

池川白直起身，定定望着鱼歌从办公室里走出来，声音压低了几分："都这么久了……有些事也不该由着她逃避了。"

"哎？"

两人已经走远了，钟微微却还在发呆。虽然不明白池警官口中的"逃避"是怎么一回事，也不明白鱼歌为什么生气，但看到两人这么融洽的背影，钟微微依然觉得，不管怎样，这都不会对两人的感情产生任何影响。

听说池警官特意为了鱼歌调到银星市来……

真羡慕啊……

直到坐上车，鱼歌还是气呼呼的样子，看样子是不打算搭理池川白。

"怎么，还在生气？这么想帮忙？"池川白俯身替她扣上安全带，随后抬眸似笑非笑地看她。

鱼歌翻一个白眼，脑袋转向窗外："我哪敢生鼎鼎大名的池川白池警官的气啊。"

池川白好笑又无奈："好了，别闹了。这个案子风险性太大，我怎么舍得你遇到危险？"

"刑事案件不都是风险很大吗？况且这次的受害人是我隔壁邻居的一个好朋友，你说我怎么能坐视不理！"

池川白眼里的调侃意味更深："理由这么充分，那照你这么说，所有的案子都和你有关系了？"

"不管怎么说，之前的案子我也有帮忙的啊。"

"强词夺理。"池川白捏了捏她的鼻尖。

"我是看你工作越来越忙，每天一堆事情要处理，现在还要负责这起案子，担心你身体会吃不消的！"鱼歌愤愤不平地继续说。

"哦？你是嫌我陪你的时间太少了吗？还是在担心我的体力？"池川白笑了，轻柔的呼吸喷在鱼歌脸颊上，微微发烫。

"池川白，你正经一点！"鱼歌烧着脸推开池川白的肩膀，"我在跟你说正事呢！"

池川白顺势起身，理了理衣领，发动车子，正色道："我也在跟你说正事。"

看池川白口风依然很紧，鱼歌眼珠子转了转，语气放软了些："好了好了，我跟你说实话，那个邻居帮过我不少忙，她知道我们的关系……所以一直求我尽快帮忙找出真凶来着！我总得还人家人情吧？"

池川白瞥她一眼："我替你还。"

"喂，池川白！"

池川白嘴角微微勾起："那好，你能做什么？"

鱼歌哼一声，别开脸语气有些生硬："你那个新来的女助手能做什么，我都能做啊。不就是查查资料什么的吗？"

池川白愕然两秒，哑然失笑。绕这么大一个圈，原来是吃醋了。

趁着红灯，他重新将目光凝在鱼歌脸上，淡淡地说："你什么时候说话这么拐弯抹角了？嗯？女助手？"

"你可别否认，我都听小吴说了，你第一次这么关照一个新人呢！郎有情妾有意的，我怎么好意思棒打鸳鸯？"

池川白手指在方向盘上叩了两下，若有所思道："倘若我调走她呢？有没有开心一点？"

"你舍得啊？听说那可是个娇弱的小美人哎！"鱼歌佯装惊讶。

池川白叹口气："毕竟家里有母老虎，舍不得也得舍得啊。"

鱼歌又哼一声，心情却好了些："随你便。"

池川白骤然凑近她，语气暧昧："那你是不是该补偿我点什么好处？"

"什么……"未说完的话语消散在唇齿交缠间。

这个红灯真久啊……

事后，鱼歌才从小吴那里听到女助手事件的完整版：那个小姑娘是银星市公安分局刘副局长的女儿，一直仰慕池川白，这次听说他调来了银星市，非要给他当助手。

"池警官怎么也推不了，索性明面上关照她，私下里安排我们几个带她去现场，一个还没满二十，没接触过刑侦案件的小姑娘，怎么受得了这个啊，没两天就自己走了。"小吴说。

"自己走了？"

"是呀是呀，就是我上次给你汇报……啊不，打电话那天上午走的，你话都没听完就挂断了，我还以为你早就知道这回事了……"

小吴还在絮絮叨叨，鱼歌早已经气血上涌。

又回想起那天在车上时，池川白说的话："为了补偿我，你要不要搬过来和我一起住？"

　　"嗯……嗯？！"

　　池川白将车停稳，眸色极深地望着她，语气带着些蛊惑的味道："你还打算让我独守空房多久？"

　　……

　　当时迷迷糊糊居然就答应了，当天晚上就搬到了池川白在银星市新买的房子里。

　　然后……

　　鱼歌咬牙切齿，池川白这个无耻小人！